JN112421

座間味（ざまみ）くんの推理

石持浅海
Ishimochi Asami

光文社

新しい世界で

座間味くんの推理

目次

装幀　泉沢光雄
写真　Terry Lawrence/EyeEm/Getty Images
Diana Robinson/500px/Getty Images
Fotosearch/Getty Images
Rob Atkins/Getty Images

新しい世界で

店内は賑わっていた。

――ありがたいことだ。

厨房で焼き上がったパンを売り場に運びながら、横谷玲奈は思った。

自分がこの店で働き始めた頃は、閑古鳥が鳴くほどではなくても、繁盛しているとはお世辞にもいえなかった。それが今は、お昼どきには会計待ちの行列ができるほどの人気店になっている。

「ママーっ、これ食べたーい!」

男の子がチョココルネを指さしながら言った。目をキラキラさせている。指先がパンに触れそうになるのを、母親が止めた。

「いいよ」母親がトングでチョココルネを取って、トレイに載せる。

あの子は、もう年長さんになったんだっけ。

一昨年、母親と共に訪れたときには、あまり嬉しそうな顔を見せなかった。小さな口から放たれた「だって、おいしくないんだもん」という言葉が、今も耳に残っている。だから同じ口が

「食べたい」と言ってくれるのを聞くと、心から嬉しくなる。しかも、あの子が食べたがるほど品質を向上させたのは、間違いなく自分の功績なのだ。

いけない。いつまでも感慨に耽ってはいられない。お客さんはどんどん増えているし、パンも次々と焼き上がっている。一日で最も忙しい時間帯なのだ。玲奈はまた厨房に行き、焼きたてのパンを受け取った。カレーパンだ。もちもちしたパン生地に合う特製カレーフィリングが自慢の、人気ナンバーワンの一品だ。

売り場に戻ると、先ほどの親子が会計を済ませて店を出るところだった。

「ありがとうございましたーっ」

後ろ姿に声をかける。そのとき、男性が親子と入れ替わるように店に入ってきた。

大柄な身体。玲奈はその男性を知っていた。立石啓人。常連客の一人だ。

立石は玲奈の顔を見ると、表情を明るくした。近づいてくる。「また来ました」

玲奈も微笑み返す。「いらっしゃいませ」

立石がトレイとトングを取った。「今の焼きたてはどれですか?」

玲奈は先ほど補充した棚を指し示した。「カレーパンです」

大柄の男性が顔をほころばせる。「それは嬉しいな」

その話しぶりが、ただの店員に対するものではないことに、玲奈は気づいていた。けれどそれは、決して不快なものではなかった。むしろ、逆だ。

住所が変わり、仕事が変わった。色々と大変だったけれど、仕事はうまくいっているし、立石のような男性にも巡り合えた。

本当によかった。

＊　＊　＊

新宿には、あまり縁がない。

大学への通学ルートでもないし、買い物や飲み会には、より近い池袋を使う。だから待ち合わせ場所の書店を見つけるのに手間取ってしまった。とはいえ余裕を持って移動したから、約束の時間まではまだまだある。

新宿駅東口にある、大型書店。その一階にある雑誌売り場の、アウトドア雑誌コーナーが、指定された待ち合わせ場所だ。

書店を待ち合わせ場所にするのは、いいアイデアだと思う。売り場を指定すれば会えないということはないし、待っている間も本や雑誌を眺めていれば退屈しない。料理雑誌のコーナーで簡単レシピ本を手に取った。

ぱらぱらとめくりながら、今日の約束に思いを馳せる。

――二十歳になったら、飲みに誘うよ。

大学に入学したときに、お祝いで食事に連れて行ってくれた人たち。アルコール抜きのランチだった。

そしてわたしは、先日二十歳の誕生日を迎えた。彼らは律儀にわたしの誕生日を憶えていて、すかさず誘ってくれたわけだ。

普段は、まったくつき合いがない。それでも、深い縁で結ばれている。だからわたしは誘いを受けたのだし、むしろ積極的に会いたいと思っていた。

約束の午後七時になった。アウトドア雑誌のコーナーに移動する。

わたしの気配を感じたのか、すぐに二人の男性がこちらを向いた。どちらも見覚えのある顔。間違いない。彼らだ。

わたしはぺこりと頭を下げた。「お久しぶりです」

二人の男性は、穏やかな笑顔を向けてきた。

「お疲れさま」

「ご無沙汰だね」

二人とも中年といっていい年代だろう。一人は中年ど真ん中。もう一人はもうすぐ中年を卒業するくらいだと思う。けれど二人とも表情が若々しいから、ずっと年上という感じはしない。

年長の男性がレジの方を向いた。

「玉城さんは、何か買うものはある?」

わたし――玉城聖子は首を振った。「いえ、特には」

「じゃあ、行こう」

見ると、若い方の男性は、書店名の入った袋を手に持っていた。待ち合わせの前に、会計を済ませたのだろう。

三人で書店を出た。

若い方の男性が話しかけてきた。

「食べたいものを訊いても、なかなか答えられないと思う。逆に、苦手な食べ物とか、ある?」

わたしはまた首を振る。「いえ。何でも食べます」

「じゃあ、適当に決めさせてもらうよ。大迫さん、焼肉とか、どうかな」

今度は年長の男性の方を向く。「大迫さん、心当たりはありますか?」

「あるよ」年長の男性——大迫さんが携帯電話を取りだした。「君も行ったことのある店が空いてるといいんだけど」

独り言のようにつぶやいて、携帯電話のボタンを押した。回線はすぐにつながったようだ。短いやり取りの後、電話を切った。「取れたよ。ここからなら、歩いて五分もかからない」

言葉どおりだった。三分も歩くと、大迫さんは一軒の店の前で足を止めた。「着いたよ」

看板を見る。『石垣牛の店』と書かれてあった。

「おや、懐かしいですね」若い方の男性が目を細めた。大迫さんも笑顔になる。

「玉城さんがいたのは本島だけど、同じ沖縄県ってことでいいだろう」

言いながらドアを開く。「店長」のネームプレートを付けた男性が迎えに出てきた。個室に案内される。

大迫さんがドリンクメニューを開いた。「玉城さんは、ビールでいいかな?」

少し遠慮がちな口調。そのニュアンスを正確に理解したけれど、わたしはあえて軽い口調で答える。

「はい。けっこう飲みますから」

「そうか」大迫さんは安心したような顔で店員さんを呼んで、ビールを三つとタン塩、カルビを注文した。

すぐにビールが運ばれてきた。それぞれがジョッキを握る。

「では、玉城さんが無事に成人を迎えたということで」

ジョッキを触れ合わせ、ビールを喉に流し込む。冷たい苦みが心地よかった。

大迫さんが心配したように、元々わたしはアルコールに忌避感があった。しかし大学にいると酒を飲む機会も多いし、体質——残念ながら父譲り——的に飲めることもあって、次第に好きになっていった。もちろん、自制した上でだけれど。

大学生女子であるわたしが、中年男性二人と飲みに行く。一見不思議な行為には、特殊な事情が関係している。

わたしには、普通の人がちょっと経験したことのない過去がある。ハイジャック事件の人質にされたのだ。

目の前にいる二人の男性も、同じハイジャック事件に関わっている。大迫さんは警察官で、事件のときには空港警備に携わっていたそうだ。そして若い方の男性——彼は会社員で、わたしと同じようにハイジャック機の乗客だった。

もっとも、当時わたしは一歳だったから、事件の記憶はない。だから、彼がわたしを助けるためにハイジャック犯と交渉したことも知らないし、ハイジャック犯から「座間味くん」という脱力するようなあだ名で呼ばれたことも知らない。それらはすべて、後になって人から聞いた話だ。

そんな彼らと、小学六年生のときに、偶然再会した。その後わたしは沖縄の学校に進学したけれど、年賀状のやり取りは続けていた。そして東京の大学に進学してから、また会うようになったわけだ。

「いやいや」大迫さんが、年相応のおじさん臭い科白を吐いた。「まさか、あのときの子供が、二十歳になるとはねえ」

感に堪えない、といった表情だ。

無理もない。空港警備を担当していた大迫さんの立場からすると、わたしは「自らの失態で危険な目に遭わせてしまった被害者」ということになる。そんなわたしが事件で殺されることもなく、事件のトラウマで道を外れることもなく、こうしてまっとうな人生を送っているのだ。安堵するのも当然だろう。

そんなふうに他人事感覚で思うのだけれど、事件後の関係者の大人たちは、みんな大迫さんと同じような感じだったらしい。わたしが事件の後遺症で成長に支障がないか心配して、定期的に病院で検査を受けさせた。そして十年間の経過観察の後、心配ないという結論が出たと聞いている。

当たり前だ。わたしからすれば、知らないことが原因で心を病んだりしない。マイナスの影響を与えたということであれば、それはハイジャック事件ではなく、事件後の家庭環境だ。

　ただ、ハイジャックについて、まったく心当たりがないわけでもない。物心ついた頃から、不思議な夢を見ることが多かった。泥の海に首まで埋まって、息ができない。もうダメだと思ったときに、温かい手が泥の海の中から抱き上げてくれた。人が人を思いやる、最大限の愛を感じさせてくれた手。あの温かさが、わたしを内側から支えてくれていたからこそ、真っ当に成長できた。

　事件の記憶はなくても、身体は憶（おぼ）えているのかもしれない。自分を助けてくれた彼の温かさを、一歳児だったわたしは全身で受け止めた。それが、あの夢につながっているのではないか。今はそう考えている。その意味では、彼はハイジャック事件の最中のみならず、事件後もずっとわたしを助け続けたことになる。

「まあ、一歳の子供が十九年経（た）ったら、二十歳になりますね」

　恩人である彼は、身も蓋もない科白を吐きながらも、同じく感慨深げな顔をしている。

　再会したとき、彼はわたしのことを「仲間」と呼んだ。そこに、自分が助けてやったという上から目線はなかった。ハイジャックされた機内は、異常な緊張を強いられる空間だっただろう。たとえ事件の記憶がないにせよ、同じ空間で過ごした人間に対する、純粋な共感が窺（うかが）えた。わたしは、そんな彼の姿勢が好きだった。

　わたしはジョッキを置いて、あらためて頭を下げた。「その節は、お世話になりました」

　彼が困ったように笑った。

実は「その節」には、三つの意味がある。ひとつ目は、ハイジャック事件でわたしを助けてくれたこと。ふたつ目は、小学六年生のときに道を指し示してくれたこと。そして三つ目は、大学に進学したときにランチをごちそうしてくれたことだ。

彼は、あえて三つ目の意味を選択したようだ。

「あのときは十八歳で、未成年だったからね。飲ませると大迫さんに捕まってしまう。だから今日まで待って、ようやく飲むことができたよ」

隣で大迫さんが笑った。日本社会においては、大学生になったら未成年でも飲酒は目こぼしされている。だから気にする必要はないと思うけれど、さすがに警察官が未成年者に飲ませるわけにはいかないのだろう。彼ではなく、大迫さんの判断だったと容易に想像できる。

「それはそれとして」大迫さんが話題を変えた。「お父さんは、残念だったね」

「いえ」自分でも驚くほど素直に否定できた。「肝硬変ですから。飲みすぎです。自業自得」

ハイジャック事件以降、父は酒に溺(おぼ)れた。娘を人質に取られたのに何もできなかったという敗北感が、父から気力を根こそぎ奪い取っていったのだ。失った気力を酒で埋めようとして、結果的に寿命を縮めた。

「大変というなら、わたしじゃなくて母でした。その反動で、父が亡くなってから、人が変わったみたいに活(い)き活(い)きし始めまして。おかげでわたしも楽しく過ごせています」

酔って暴力を振るう父から逃れるように、わたしは沖縄の全寮制中高一貫校に進学した。わたしはそれでよかったのだけれど、父と二人きりで残された母の苦労は、並大抵ではなかっただろう。だから父の死をきっかけに明るくなった母を責める気にはなれない。いや、逆だ。責めるどころか、今までの苦労を取り戻すべく、人生を謳歌してほしい。気に入った相手ができたら、再婚してほしいとさえ思っている。

わたしがそう言い添えると、大迫さんは静かにうなずいた。そしてそっと口を開く。

「君は沖縄から東京に戻ってきた」いたわりを含んだ響き。「やっぱり、その時点でお父さんが長くないとわかっていたから？——看取るために」

そういった側面も、なくはない。けれどわたしは首を振る。

「そういうわけではありません。むしろ高校の途中までは、そのまま沖縄の大学に進学しようと考えていました。でも、やめたんです」

「どうして？」

「居心地が、よすぎたんです」わたしはビールを飲んだ。「わたしは東京生まれですが、ルーツは沖縄です。だから水が合ったのかもしれません。学校では友だちにも恵まれましたし、祖父母もかわいがってくれました。でも、ふと思ったんです。どこかで区切りをつけないと、沖縄の環境で一生ぬくぬくと過ごしてしまうんじゃないか。祖父母の家から沖縄の大学に通って、沖縄で仕事を見つけて、沖縄の男性と結婚する。そんなふうに一生が決まってしまうんじゃないかって。そう思ったから、沖縄を離れる決心をしたんです。もちろん、経済的な問題もありますが」

大迫さんも彼も、察したという顔で先を促す。

「父があのていたらくでしたから、大学の学費は深刻な問題です。授業料免除の特待生制度のある大学を探したら、自宅から通える東京の大学を見つけたんです」

「そうか」彼は思い当たったように言った。「玉城さんは、秋津（あきつ）大学だっけ」

「……はい」

少しの間を置いて、わたしは首肯（しゅこう）した。いわゆる、世間に名を知られた一流大学ではないからだ。

しかし彼は蔑（さげす）むつもりはなかったようだ。大迫さんの方に向き直った。

「秋津大学は、データサイエンスの研究では最先端ですよ。論文数も論文引用数も、有名大学に引けを取りません。玉城さんが言ったように、奨学金制度や特待生制度が充実しているから、優秀な学生が集まりやすいんです。小規模だから教員と学生の距離が近いこともあって、教育の面でも優れてますし。うちの人事も、秋津大学の学生を欲しがっています」

ちょっとほめすぎだと思うけれど、そう言ってくれると素直に嬉しい。それに、この大学を選んだのは、別に金銭面だけが理由ではない。興味のある分野の研究がやりたくて、その中から選んだのは事実だからだ。

大迫さんがうんうんとうなずいた。

「事情があったにせよ、自分で考えて、居心地のいい場所から離れる決心をしたわけだ。簡単にできることじゃない」

そして何かを思い出したように、宙を睨（にら）んだ。

「でも、転居はチャンスになる。それがきっかけになって、運が向いてくることもあるんだよ」

「大迫さんがそう言うってことは」彼が目を大きくした。「実例をご存じなんですね」

「玉城さんとは、あまり似てない例だけどね。いや、むしろ逆だ。望まずして転居したら、成功につながった人の話だよ」

転居が成功につながった。どういうことだろう。

自然と身体が前に出た。わたしの場合、大迫さんが指摘したとおり自分の決断だったし、現在の大学生活は決して悪くないと思っている。けれど未だに考えてしまうのだ。あのまま沖縄に残った方がよかったのではないかと。

その度に自分で打ち消している。これが最善の選択だったのだと。

彼が一瞬わたしを見て、再び大迫さんに顔を向けた。

「どんな話なんですか?」

大迫さんは少し難しい顔をした。

「この前聞いた話だよ。職場で聞いた話だから、事件に関わることだ。めでたい席にはふさわしくないんだけどね」

そう言いながら、話をやめるつもりはないようだった。

ノックの音が聞こえて、ドアが開いた。店員さんがタン塩とカルビを持ってきてくれた。

「青山で起きた、傷害事件だ」

大迫さんはそう切り出した。

話を聞く態勢になっていたわたしは、わずかな差で彼にトングを奪われた。彼がタン塩を焼き網に載せていく。しまった。年長者に肉を焼かせてしまった。

「事件自体は単純なものだ。男が女性を殴って大怪我を負わせたんだ。往来での出来事だったから、近くにたくさん人がいた。その中に、たまたま大学のラグビー部がいてね。数人がかりで男を取り押さえて、やってきた警察官に引き渡した」

「殴ったってことは」タン塩をひっくり返しながら彼が言った。「素手だったってことですか。ナイフか何かを持っていたなら、いくら屈強なラグビー部員だって手出しできなかったでしょう」

「そうだね。警察の立場としては、いくら腕っぷしに自信があっても、犯罪者にかかっていくのはやめてほしい。見た目は素手でも、いきなり凶器を取り出す危険もあるから」

彼がトングを箸に持ち替えて、焼けたタン塩をわたしの皿に載せてくれた。「焼けたよ」

礼を言ってタン塩を口に運ぶ。いくら沖縄に住んでいたといっても、寮生活だ。ブランド銘柄である石垣牛など、食べる機会があるはずもない。はじめて食べる石垣牛は、固すぎず柔らかすぎず、噛むほどに滋味が溢れてくる。いい牛とはこういうものなのかと、素直に感動した。

彼は大迫さんの皿にもタン塩を載せた。

「取り押さえられた男は、そういったタイプだったんですか？　いきなりナイフを取り出すような」

「そういうわけじゃない」大迫さんも箸を取った。「普通の会社員だった。しかも、大手商社の六陸商事の社員だ。確か三十歳ちょっとだったから、若手から中堅になろうというところかな。東証一部上場企業の社員が傷害事件を起こしたわけだから、その点ではちょっと珍しい事件といえる」

「そうですね。それで、その六陸商事氏は、どうして女性を殴ったんでしょう」

大迫さんはタン塩を飲み込んでから答えた。

「被害者は、交際中の女性だった。二十代半ばで、都内のアパレルショップで販売員をやっているということだ。合コンで男と知り合って、交際を始めたらしい。アパレルショップに勤めているからか、おしゃれな服を着ていたという証言が残っている」

「ほう」彼が面白そうな声を出した。「アパレルショップの販売員は、華やかなイメージのわりには、給料が安いと聞いたことがあります。東証一部上場企業の平均年収は確か六百五十万円くらいですから、その女性の服は、六陸商事氏がプレゼントしたと想像できますね」

「当たり。でも殴られた際に転倒して、頭に裂傷を負ってしまった。かなりの出血があったから、プレゼントされた服は血まみれになっていたそうだ――おっと、失礼」

わたしが嫌な顔をしたからだろう。大迫さんが謝ってきた。

大迫さんを非難するつもりはない。ただ、暴力沙汰とは縁がないから、怪我の話に身体が反応しただけだ。わたしは片手を振る。

「いえ、大丈夫です。交際中の女性を殴ったということは、痴話喧嘩ですか?」

あえて俗っぽい表現で質問した。気にしていないというメッセージを込めたつもりだった。大迫さんは正確に理解してくれたようだ。重々しく首を振った。

「口論の挙げ句だったそうだけれど、もっと深刻なものだった。高級レストランで夕食を取り、タクシーを拾うために大通りに向かっていたときに始まった口論だ。食事の最中から男に落ち着きがなかったことに、女性は気づいていた。はじめは何の気なしにといったレベルで訊いたら、男が激しく反応した。『何でもない』と」

それって、絶対に何かあるときの反応だ。わたしがそうコメントすると、大迫さんは笑った。

「そのとおりだよ。だから女性もただならぬものを感じて、強く問い詰めた。すると男は引きつった笑いを浮かべて『ちょっと株で損しただけだ』と答えた。さっきの『何でもない』と同じで、この『ちょっと』も想像がつくよね」

「相当な大損だったんですね」

「そういうこと。当然、女性も気づく。男は『株で一時的に損が出るのは、よくあることだ。大丈夫、すぐに取り戻せる』と言っていたけれど、口調が内容を裏切っていた。言い訳を聞いていると、庶民である自分が想像もできないような金額の損失があったようだ。それで、女性はつい口走ってしまった。『損したのに、こんな高い店でごはん食べてよかったの』と。それで男が激怒した」

わたしは軽く首を傾げた。当たり前の心配だと思うのだけれど。

わたしの疑問を、大迫さんが解説してくれた。

「今まで、株で儲けた金で女性にプレゼントをしてきた。食事代だって、いつも自分持ちだ。いつも自分は与える側で、女性はいつも受け取る側。そんな意識があったのに、相手の女性から金の心配をされたから、カッとなったと証言している。実は男には離婚歴があってね。しかも離婚の理由は、その女性と浮気したことだ」

「あれ?」

へんてこな声で話を遮(さえぎ)ってしまった。「合コンで会ったたって言ってませんでしたっけ」

「既婚者が合コンに行くのは、よくあることだよ。最低一人の女性が価値を認めたわけだから、意外ともてるらしい」

代わって彼が説明してくれた。わたしはそんな彼を上目遣(うわめづか)いで見た。「行ったこと、あるんですか?」

「ないない」彼が軽く手を振った。「そんなお金も暇もないよ」

だろうな。金と暇はともかくとして、彼は浮気しそうにない。

大迫さんも笑った。「君がどうかはともかく、男は合コン好きだったようだね。最初は軽い気持ちの浮気だったそうだけど、あっさり奥さんにばれてしまった。しかも探偵を雇って証拠まで握られていた。修羅場を覚悟したのに、意外と奥さんはあっさりしたものだったそうだ。『悔しいけど、わたしよりも愛する人ができたのなら、仕方ないね』って言って、身を引く決心をしてくれたらしい」

そんなものなのだろうか。一生の愛を誓い合った相手が浮気したら、包丁の一本くらい投げてもいいような気がする。

「奥さんと離婚してまで選んだ女性だ。自分が養っていかなければならない。そんな気負いがあったのに、相手から逆に心配されたから、プライドが傷つけられたらしい」

ずいぶんと浅薄（せんぱく）なプライドもあったものだ。わたしの心の声を、大迫さんは聞き取ったようだ。

「身勝手この上ない話だけど、女性の方だって心配する理由があった。女性の立場からすれば、離婚させてまで手に入れた男性だ。しかも、ちょっと前に前の奥さんとばったり出会って『もう結婚した？』と訊かれたそうだ。まだだと答えると『わたしはうまくいかなかったけど、あなたは幸せになってね』と激励された。それでいよいよその気になっていたのに、肝心の相手に多額の損失を出されたわけだから、将来が不安になるのも当然だろう」

「二人とも結婚する気満々だったのに、事件は起きた」彼が後を引き取った。タン塩が終わったから、カルビを焼き網に載せる。「さすがに、もう結婚は無理でしょうね。大怪我をさせてしまったし、取り押さえられて警官に引き渡された。傷害罪で逮捕、起訴ですか？　それとも示談が成立したんですか？」

　示談には示談金が必要だ。大怪我させた示談金がどのくらいになるのかわからないけれど、株で大損したのなら、示談金を支払う余裕なんてないだろう。そう思っていたら、案の定大迫さんは首を縦に振った。

「逮捕された。それも、ひとつの罪じゃなかった。ひとつは傷害罪。君たちが想像しているように、男には示談金を支払う能力がなかった。女性の両親は、当初は娘が既婚者の浮気相手だったことに怒っていたようだけれど、離婚したし、一部上場企業に勤めているから、結婚相手としては間違いないと思って認めていたらしい。それなのに金がなくなって、しかも娘を殴った。カンカンになった両親に、被害届を出されてしまった」

ずいぶんと現金な両親だ。わからないではないけれど。

「もうひとつは、業務上横領（おうりょう）ですね」

大迫さんは彼の察しのよさに苦笑した。

「そのとおりだよ。株式投資を始めた頃は、男は奥さんに内緒で、小遣いでちまちまと取引をしていた。成功して小金を稼げたから、もっと大きい取引をしたくなったんだ。元手がなくても大きい取引をする方法は色々とあるけど、男は会社の金を元手にする手段を選んだ。利益を出したら、元本は返せばいい。そんな軽い気持ちだったらしい。事実、最初はうまくいっていた。でも世界的な株安のあおりを食って、巨額の損失を出してしまった。警察は、傷害事件の動機を調べる。きっかけは口論で、口論の原因は株取引の損失だ。当然、警察は株取引についても調べる。男の横領が発覚するのは必然だった」

「横領か」彼が天を仰いだ。「傷害だけだったら、示談が成立したら厳重注意くらいで済むかもしれませんけど、横領がばれたらアウトだ。解雇は間違いない」

「そういうこと。男は逮捕に加えて、懲戒（ちょうかい）解雇、女性からの損害賠償請求、会社からの損害賠償請求という波状攻撃を喰（く）らった。ああなると、立ち直るのはかなり難しい」

そうだろうな。でも同情する気はさらさらない。父ではないけれど、自業自得だ。

「ふむ」彼はテーブルを見回した。ビールも肉もなくなっていることを確認して、店員さんを呼んで追加を注文する。店員さんが部屋を出たところで、彼が口を開いた。

「登場人物のうち、男が退場しました。この話のテーマは、転居が成功につながったことです。男と別れた女性が、転居したんですか?」

「いや、違う」大迫さんが即答した。「男の前の奥さんだよ。警察は、容疑者の供述については必ず裏を取る。そうしないと、裁判でひっくり返される危険があるからね。男と女性の関係には、離婚した前の奥さんが関わってくる。奥さんの証言を得て、男の供述に間違いがないか、確認する必要があったんだ」

ノックの音が聞こえて、追加のビールと肉が運ばれてきた。今度こそトングを奪い取り、ロースとハラミを焼き網に載せた。

大迫さんは新しいビールをひと口飲んで、話を続けた。

「男は元奥さんの住所を知っていた。離婚の原因がドメスティックバイオレンスじゃなかったから、奥さんは自分の居場所を教えても問題ないと考えたようだ」

「どこなんですか?」

「海老名だ。神奈川県の海老名市。そこにあるパン屋で働いていた」

「元々、そちらの出身だったんですか?」

「いや、違う。確か、栃木だったかな。専門学校で栄養士の資格を取って、都内の給食会社で働いていた。男とは、合コンで知り合って結婚したそうだ」

「やっぱり合コンですか」

吐き捨てるような口調になってしまった。合コンで知り合った女性と結婚した男が、合コンで知り合った女性と浮気したわけだ。同じことを繰り返すタイプ。ろくな男じゃない。

顔に出ていたのだろう。目の前の男性二人が同時に苦笑した。

「給食会社は、なかなかの激務らしくてね。結婚して間もなく、過労で体調を崩したんだそうだ。そこで男が提案した。どうせ子供を作るわけだから、会社を辞めて身体を回復させて、子供を作ろうと。奥さんは男の意見を容れて給食会社を辞めた。といってもすぐに妊娠したわけではなく、しばらく専業主婦の状態が続いた。そんなときに、夫の浮気に気づいた。これは理解できる。女性の浮気はなかなかばれないけれど、男の浮気は簡単にばれる。警察の世界では常識だ」

「そんなものなんですか」

ちらりと彼を見る。彼はしれっとした顔でビールを飲んだ。「気づいたことも気づかれたこともないから、わからない」

大迫さんは笑った。

「それはそれとして、奥さんは探偵を雇って事実関係を調べることにした。費用は会社の退職金で工面(くめん)したそうだ。探偵の出した報告書では、浮気は事実だった。話を聞きに行った刑事は、探偵の報告書を見せてもらった。男とアパレルショップの女性が一緒にいる写真も添付されていたそうだよ」

わたしがいるから大迫さんは丸めた表現をしているけれど、デートを繰り返している写真や、ラブホテルから出てくる写真だろう。そんな生々しい報告書など、見たくもない。

「夫が本気でその女性を愛しているのなら、どうしようもない。強引に別れさせても、その後の夫婦生活がうまくいくとも思えない。だったら、泥沼になる前に離婚してしまおう。奥さんはそう考えた。子供がいなかったから、尾を引くこともない。弁護士を立てて協議離婚を成立させた。そこまではいい。問題は、奥さんのその後だ」

「現在、無職ですものね」彼が話を引き継いだ。「離婚したら、今の家にはいられません。住み処も仕事もない状態で、世間に放り出されることになります」

　彼が話している間にロースを食べた大迫さんがうなずいた。

「そういうこと。ただ、奥さんは仕事については、それほど心配していなかったそうだ。栄養士の資格はつぶしが利くから、贅沢を言わなければ職は見つかると考えていたらしい。就職情報サイトで幾つか調べて、海老名のパン屋に雇ってもらうことになった。職住近接の方が安上がりだから、自分も近所にアパートを借りた。海老名なんてまったく知らないし、元夫も縁のない土地だ。今までの結婚生活をリセットできる、まさしく新天地だな」

「でも、大変だったでしょうね」

「うん。職場では相当がんばったらしいよ。勤め先のパン屋は、小麦を使わないパンを扱っている店なんだそうだ。小麦アレルギー患者でも食べられるということで、一定の需要がある。でも普通のパンとは、どうしても味も食感も違うから、あまり喜ばれないらしい。体質のせいで、仕方なく食べているという感じが見え見えだった。そこで奥さんは店主に提案した。普通のパンと同じにならないのなら、パン自体の良さを引き出そうと。具材でアレンジした惣菜パンなら、お客さんをがっかりさせないはずだと」

　また身を乗り出す。両手に力が入った。

「さっきも言ったように、奥さんは栄養士の資格を持っている。給食会社で働いた経験もある。奥さんは、様々な具材を用いたメニューを考案した。小麦だけじゃなく、国が定める七大アレルギー物質を使わない惣菜パンを数多く創りあげたんだ。それがおいしいと評判を呼んで、様々なアレルギー患者が遠方から来てくれる人気店になったんだそうだ」

「よかった……」

　ついそんな言葉が口をついて出てきた。夫に裏切られて行き場をなくした女性が、自らの努力で成功をつかむ。見事なハッピーエンドではないか。

　わたしの反応を確認した大迫さんが、話を続けた。

「離婚をきっかけに、明暗が分かれた。妻は成功を収め、夫は転落した。当事者じゃないから評論家面（づら）で言えるわけだけれど、二人の道を分けたのは、離婚したときの状況に引きずられたかどうかなのかもしれないな」

　なんとなく言いたいことはわかった気がしたけれど、明確ではない。次の言葉を待った。

「離婚の原因を作ったのは、男の方だ。奥さんに非はない。だから、離婚してから奥さんは自由に動けた。一方男は、離婚原因を抱えたまま、その後の生活を続けることになる。離婚後に一緒にいる女性こそが、離婚の原因なんだから。それまでの結婚生活に見切りをつけて新しい生活を始めるつもりだったのに、結局前の結婚生活の延長になってしまう。おまけに、新しい生活を前より素晴らしいものにしなければならない。男が投資をしくじったのは、そんなプレッシャーが影響していたのかもしれないな。大きな成功を得ようとして、リスクの高い投資をしてしまった」

大迫さんはビールを飲んだ。

「この話は、玉城さんとあまり似てない例だと言ったけど、多少の共通点はある気がするな。話に出てきた奥さんは、しがらみを断ち切って成功に突き進むことができた。玉城さんが断ち切った沖縄の生活は、もちろん心地よいものだったけれど、それはそれでしがらみだったのかもしれない。ぬるま湯という、しがらみ」

わたしを見る大迫さんの目が、温かさを増した。

「だから、玉城さんは東京に戻ってきてよかったんじゃないかな。亡くなったお父さんには申し訳ないけれど、お母さんも生まれ変わったように活き活きとしてきた。新しい生活で成功を収めるには、最適な選択だったと思うよ」

「……………」

不覚にも感動してしまった。わたしが一歳児の頃から心配してくれていた男性。この人は、わたしが二十歳になった今も気にかけていて、今日の話を仕入れてきたのではないか。そうでなければ、自分が手がけたわけでもない事件を、これほど詳しく語れはしないだろう。

わたしは視線を大迫さんから彼に移した。彼は、この話を前もって聞いていたのだろうか。わたしを勇気づけるという、大迫さんの企（たくら）みを知っていたのだろうか。

彼は淡々と牛肉を食べていた。そこに訳知り顔の笑みはない。ハラミをよく嚙んで飲み込み、ビールを飲んだ。そしてひとつ息をつくと、静かに口を開いた。

「離婚から気持ちを切り替えた奥さんは成功し、引きずった男は転落した」

そんなことを言った。

「そのとおりだと思います。つまり――」

彼はジョッキをテーブルに置いた。

「奥さんの狙いどおりになったわけですね」

焼肉店の個室は静まりかえった。

彼の発言に、大迫さんは戸惑ったように口を閉ざし、わたしは発言の意味がわからず黙ってしまった。原因を作った彼だけが、変わらぬ様子で肉を食べ、ビールを飲んでいた。

少しの間を置いて、ようやく大迫さんが口を開いた。「どういうことだい?」

「どうもこうも」彼が箸を置いた。「奥さんは、狙って今の状況を作り出した。そこで努力して、成功を収めた。実に素晴らしい。そういうことですよ」

「それじゃあ、そのまんまじゃないですか」

わたしは抗議した。「そもそも、離婚の原因を作ったのは夫の方ですよ。それなのに狙って今の状況を作り出したって、どういうことですか?」

しかし彼は、髪の毛一筋分の動揺も見せることはなかった。

「そうだね。もちろん、奥さんが旦那に浮気するよう仕向けたなんてことはない。奥さんは、それをうまく利用したんだ」

大迫さんがあきらめたように頭を振った。「聞こうか」

彼はビールをもうひと口飲むと、考えをまとめるように宙を睨んだ。数秒の沈黙の後、視線を戻す。

「大迫さんに伺いたいのですが、他の女性を好きになったから即離婚、というのは難しいと聞いたことがあるんですが、本当ですか?」

「本当だよ」大迫さんが答える。「ドラマによくあるような、夫が浮気して一方的に離婚されたといった展開は、現実にはない。トラブルの原因を作った方から離婚を成立させるのは、相当にハードルが高いんだ。実質無理だと言ってもいい。被害を受けた方から言いだすか、少なくとも同意してもらわなければ、離婚は成立しない」

「なるほど。では、男の浮気がばれた時点というのは、どちらから言いだして、ばれたという事実を共有したんでしょうか。男が、他に好きな人ができたから別れてくれと言ったのか。それとも奥さんが探偵の報告書を突きつけたのか。浮気がばれたという表現からすると、奥さんから切り出したんじゃないかと思うんですが」

大迫さんは記憶を辿るような表情になった。「そのとおりだ。女性が夫の浮気に気づきやすいのは本当だけれど、証拠がなければ、ただの言いがかりだ。奥さんは探偵の報告書という事実を握って、男に話したということだった」

「やっぱり」彼が、自分に対してするようにうなずいた。「ということは、この離婚騒動は、はじめから奥さんに主導権を握られていたことになりますね。あくまで離婚を拒んで相手を束縛するか、それとも離婚して相手を解放するか。選ぶ権利は奥さんにあった」

「……そうだな」

「で、でも」

思わず口を挟んでしまった。「奥さんは会社を辞めて、専業主婦になっていました。夫の収入で生活している以上、いくら相手が浮気したからといって、すぐに離婚という判断にはならないと思うんですが——ああ、そうか」

言いながら、わたしは自分の矛盾に気づいた。大迫さんの話によると、奥さんはあっさり身を引く決心をしたということだった。それなのに、わたしは事実と違うことを口にしている。

そこが大事なのだ。筋道を立てて考えていくと、奥さんの行為には納得いかないところがある。自然の流れに逆らっているかのような違和感。彼は、それを拾い上げたのか。

彼は、わたしが気づいたことに気づいたらしい。満足げな表情を浮かべた。

「大迫さんの話によると、奥さんは前もって就職先を見つけてから離婚を切り出したわけではなさそうです。では、無職のまま世間に放り出される危険を冒してでも、なぜ離婚したんでしょうか」

「考えられる理由としては、三つあるな」

大迫さんが腕組みした。左腕をつかんだ右手の人差し指を立てる。

「ひとつ目は、感情的なものだ。金銭の問題じゃなくて、相手が浮気したことそのものが許せないと考えた。ただ、男は泥沼化しなかったと証言しているから、可能性は低いだろう」

次に中指を立てる。

「ふたつ目は、実家からの援助を期待した。しかしそれなら、いったん実家に戻る方が自然だ。あくまで自力で生きていくことを選択したからこそ、わざわざ縁のない海老名に移り住んだ。これも考えにくい」

そして薬指も立てた。

「最後の三つ目は、目先の金は心配していなかった。財産分与と慰謝料があれば、当分生活できる。その間に新しい仕事を見つければいいと考えた」

「それはありそうですね」彼は薄く笑った。「では、これが正解なんでしょうか」

大迫さんは首を振った。

「自分で挙げておいて申し訳ないけど、違うだろうな。男はまだ三十歳ちょっとだ。君が言う東証一部上場企業の平均年収六百五十万円には、到達してはいなかっただろう。奥さんは、当然男の年収を把握していたはずだ。財産分与しても、たいしてもらえないことは、わかっていた。慰謝料も同様だ。請求したところで、相手に先立つものがなければ、もらえない。実際には、男には投資で稼いだ金があったんだけど、男は奥さんに内緒にしていた」

三つとも否定されてしまった。奥さんは、どうして先が見えない状態で離婚を提案してしまったのか。

「三つとも否定されてしまいました」彼が、わたしの考えていることと同じことを言った。「では、他に可能性があることになります。僕はそれを思いつきました」

「……何だい？」

大迫さんの質問に、彼は短く答えた。

「緊急避難です」

「えっ？」

「えっ？」

わたしと大迫さんの声が重なった。彼は何て言った？

彼は同じ言葉を繰り返した。

「緊急避難です。僕は、奥さんは緊急避難のために離婚したのではないかと考えました」

ようやく頭の中で緊急避難という言葉の意味が浮かんだ。でも、ますますわからなくなった。

「どういうことですか？　緊急避難っていうのは、目の前に危機が迫ってきているから、とりあえず逃げることでしょう？　奥さんは浮気されましたが、それが迫っている危機とはいえないですよ」

「そう思うよ」

彼は肯定しながら否定していた。

「玉城さんの言うとおり、危機は浮気そのものじゃない。でも奥さんは、危機の到来に気づいた」

わたしは唾を飲み込んだ。「――どんな危機ですか？」

「探偵の報告書だよ」

「えっ？」

また言ってしまった。探偵の報告書は、浮気の証拠をつかむものだ。つまり、危機は浮気そのものに他ならない。話が進んでいないではないか。

彼は大迫さんに目を向けた。

「僕は探偵の仕事に詳しくありませんが、浮気の調査を依頼されたときに、たまたま一緒にいるところを撮影して『はい、証拠です』とは言わないんじゃないかと思うんですが」

「そのとおりだよ」大迫さんが答える。「まっとうな探偵なら、ずっと対象を監視して、二人がどんな頻度(ひんど)で会っていて、どこに行って、何をしているかまで詳しく調べる。裁判の証拠になる可能性もあるんだ。いい加減なことはできない」

彼は満足そうに笑った。

「そうだと思っていました。探偵から報告書をもらったということは、そういった証拠写真が山ほど手に入ったということですね」

「そういうことだけど、そんなにたくさん持っていても仕方がないだろう」

「ええ。持っている必要はありません。でも、たくさん見ることはできます。奥さんは、夫の浮気現場の写真を何枚も見た。そして気づいたんです。金をかけすぎている、と」

ぞくりとした。彼が何を言いたいのか、わかったのだ。

「奥さんは、夫に隠れた収入があることに気づいた……」

わたしのつぶやきは正解を言い当てたようだ。彼は嬉しそうな顔をした。

「最初は、浮気相手の服装だったかもしれません。アパレルショップの販売員が安月給というのは、広く知られたことです。それなのに、なぜこんなにいい服を着ているのか。自分の夫が買ってやったに違いない。しかし夫の小遣い金額は知っている。こんな金の使い方をしていたら、足りるわけがない。ということは、夫には自分の知らない収入源がある。そう考えるのは、当然のことです」

大迫さんが後を引き取った。

「男の隠れた収入に気づいた奥さんが考えることは、決まっている。その金は、どこから出ているのか」

「自分に隠れて投資をしている可能性も考えたのかもしれません」今度は彼が後を引き取る。

「でも、どれほど効率のいい投資先だって、一万円がすぐ百万円になったりしません。夫が浮気相手にこれだけ金を使えるということは、それなりの元手があったと考えるでしょう。投資してもしなくても同じです。夫は、まとまった金額の金を、どうやって手に入れたのか。業務上横領に辿り着くまでには、時間はかかりません」

「横領が発覚しなければいい」大迫さんの目にも理解の色が浮かんでいた。「しかし、それを期待するのは、あまりにも楽観的すぎる。悪事は必ず露見する。奥さんは、自分が今、犯罪者と婚姻関係にあることを知ってしまった。夫が逮捕された時点で、自分は犯罪者の身内になる。これこそが、まさに危機だ」

　わたしが最後の仕上げをする。

「奥さんは、夫が浮気したから離婚したんじゃなかった。緊急避難で離婚するために、夫の浮気を利用した。そういうことなんですね……」

　ようやく奥さんの行動が理解できた。でも。

　わたしはあらためて彼を見た。

「でも、緊急避難としての離婚に成功したからといって、狙いどおりというのは言いすぎな気もしますけど」

　わたしの指摘に、彼はやっぱり動揺しなかった。

「そうだね。だから僕は、奥さんの狙いはそれだけじゃないと考えている」

「他に、何かあるんですか？」

　彼はビールを飲んだ。

「奥さんは、夫の犯罪行為に触れずに離婚しようとしたんだろう。そこに触れてしまうと、自分も犯罪に巻き込まれてしまう危険があるから。だから理由はあくまで浮気だ。でも、ここで考えてほしい。浮気を理由に離婚を提案したときに、相手が『俺が悪かった。あいつとは別れるから、離婚しないでくれ』とか言いだしたら、離婚しづらくなるだろう」

「……そうですね」

「そこで奥さんは、一計を案じた。『悔しいけど、わたしよりも愛する人ができたのなら、仕方ないね』って言ったんだ。浮気というのは、新しい花に目を奪われて、奥さんが色あせて見えている状態のことだ。そこに『わたしよりも愛する人』なんて表現をされた。奥さんの敗北宣言だ。男は、奥さんによって順位付けを決められてしまった。浮気相手が上で、奥さんが下だと。自分は浮気相手を奥さんより愛していると錯覚してしまうだろう。修羅場にならなかった安堵も手伝って、男は自分が最終的に浮気相手を選んだと思い込んだ」

　大迫さんがうめいた。

「君は、男が奥さんに誘導されたというのか……」

　彼は肯定しながら首を振った。「男だけじゃないですけどね」

　わたしは瞬きした。意味がわからない。せっかく彼の考えがわかったと思ったのに、またわからなくなった。

　彼は訊かずとも説明してくれるつもりのようだ。またビールを飲んで、話を再開した。

「離婚した後奥さんは、もうひとつ奇妙な行動を取っています。浮気相手の女性と『ばったり』と出会っています」

「………」

　彼はわたしを見て、続いて大迫さんを見た。

「これって、変ですよね。離婚してから、元夫と縁がない土地に移り住んだ。そのような選択をした女性ならば、元夫や浮気相手と出くわすことは、できるだけ避けたいはずです。そして奥さんには、それができた」

大迫さんが答を言った。「探偵の報告書か……」

「そうです」彼は人差し指を立てた。「奥さんは浮気相手の勤務先も自宅も知っていた。よほどの偶然でもないかぎり、避けられるんです」

「奥さんは、会いに行ったんですね……」

わたしのつぶやきに、彼は首肯で答えてくれた。

「そう思う。そしてそのときに、奥さんは何て言ったのか」

「――もう結婚した？」

「――わたしはうまくいかなかったけど、あなたは幸せになってね」

わたしと大迫さんが続けざまに答を言った。彼はうなずく。

「浮気相手の女性が、自分と別れた元夫と結婚するかどうか、わからなかった。だから、激励するふりをして暗示を与えた。あの男と一緒にいろと」

「男は業務上横領をしている可能性が高い。男は、時限爆弾のようなものだ。爆発するときに近くにいれば、ただでは済まない。奥さんは、女性が巻き込まれることを期待したのか」

わたしが結論を口にした。

「復讐……」

「まあ、男に殴られて大怪我したというのは、さすがに予想外でしょうけど」

彼の話は終わった。

わたしは戦慄していた。夫の裏切りにもめげずに、新天地で懸命に働いて成功をつかんだ、けなげな女性。そのイメージがガラガラと崩れていく。夫の罪を糺すでもなく、自分から夫を奪った憎い女性と共に破滅するように仕組んだ、憎悪と執念に取り憑かれた女性。それが、奥さんの正体だというのか。

大迫さんがため息をついた。

「奥さんにあらためて話を聞いても、ムダなんだろうな」

「そうでしょうね」彼が答える。「本当のことを言うわけがありませんし、そもそも何の罪も犯していません。努力して成功を収めた。それだけのことです」

わたしは女性に恐怖すると同時に、彼にも恐怖していた。いや、恐怖ではない。畏怖だ。話を又聞きしただけで、事の真相を見抜いてしまった彼の能力に、圧倒されているのだ。

肩の力が抜けるのを感じた。

わたしは、ハイジャック事件の人質として周囲に気を遣われるのが嫌だった。もちろん手助けしてくれた人への感謝は惜しまないけれど、自分自身は事件の影響など受けていないと思っているからだ。

しかしそんなふうに思っているうちは、強がっているだけなのだろう。本当の強さとは、真相を自らの目で見抜き、残酷な真相もしっかり受け止めて、同時に受け流せる。そんな精神のことなのだ。たとえば、彼のような。

わたしも、彼のようになりたい。真の強さを手に入れたい。でも、わたしはまだほんの子供だ。ではどうする？　目の前に手本はいるのだ。だったら、見習えばいい。

わたしもビールを飲んだ。二杯目のジョッキはそれで空になった。テーブルにそっと置く。

「今日は、本当にありがとうございました」

そう言って、あらためて彼の目を見る。

「これからも、ご一緒させていただいていいでしょうか」

救出

わたしの人生は充実している。

でもそれは、他人の犠牲の上に成り立っているのではないのだろうか。

＊　＊　＊

基本的に、平日の夜はアルバイトを入れている。

学習塾の講師を週に四日。残る一日を休息に充てるというスケジュールを組んでいるのだけれど、その一日もレポート作成に回したりするから、なかなか休める機会がない。

しかし今日は休息日と決めている。なんといっても、飲みに行くのだから。というわけで、待ち合わせ場所である新宿駅近くの書店にいる。

一階のアウトドア雑誌コーナーに、午後七時。それが約束になっている。今は午後六時五十分。待ち合わせの相手はまだ来ていないようだ。まったく縁のない海外旅行の雑誌でも眺めていようかなと思っていたら、横から声がかかった。

「お疲れさま」

声のした方に顔を向けると、大迫さんが穏やかな笑みをこちらに向けていた。

「お疲れさまです」

小さくお辞儀をする。大迫さんは天井に視線を向けた。

「彼は上の階で会計中だよ。聖子ちゃんは、何か買うものはある？」

「いえ、特には」

大迫さんはわたしのことを「玉城さん」ではなく「聖子ちゃん」と呼んだ。理由は簡単。わたしがそう頼んだからだ。玉城は、あの父の姓だ。正直なところ、そう呼ばれるのは嬉しいことではない。だからある程度親しくなった人には、聖子と名前で呼んでもらうようお願いしている。最近では夫婦別姓を推奨する運動が活発になっているけれど、わたしからすれば大きなお世話だ。さっさと結婚して、姓を変えたいとすら思っている。

「じゃあ、エレベーターの前で待っていよう」

エレベーターに向かうと、ちょうど彼が降りてきたところだった。書店名の入った袋が大きく膨らんでいる。かなり厚みのある本を買ったようだ。

彼がわたしに気づいて表情を和（やわ）らげた。「やあ」

わたしはぺこりと頭を下げる。「どうも」

彼が買った本を通勤鞄（かばん）にしまった。三人並んで書店を出る。

「今日は、どうしようか」

大迫さんが訊いてきた。特に店を決めずに集まるのが彼らの流儀らしい。前回もそうだった。

「聖子ちゃんは、何か食べたいものはある?」

彼も名前で呼んでくれた。もっとも、わたしも二十歳を過ぎているから「ちゃん」づけでなく「さん」づけの方が自然だろうと思うけれど、彼らはわたしのことを一歳児の頃から知っている。子供扱いは仕方のないことだ。

「いえ、何でも大丈夫です」

いくら親しくなったといっても、さすがに若輩者が二回目から希望を言うわけにもいかない。思いつかないのも本当だし。

「前回は焼肉だったから、今度は魚介ですかね」彼が顎をつまんだ。「大迫さん、心当たりはありますか?」

「あるよ」大迫さんが携帯電話を取りだした。スマートフォンではなく、昔ながらの二つ折り携帯だ。じっと見ていると、大迫さんは「職場から渡されたものなんだ。嫌々持っている」と説明してくれた。

電話帳を検索して、耳に当てた。つながって、少しのやり取りで電話を切った。

「取れたよ。ここから少し歩くけど、いいよね」

もちろん異存はない。三人の中で、おそらくはわたしがいちばん元気だろうし。
七、八分ほど歩いて、店に到着した。『新潟料理の店』とある。なるほど、新潟ならば、確かに魚介料理は豊富だろう。

大迫さんが名乗って先ほど電話した旨を告げると、ネームプレートに「店長」と書いてある中年男性が現れた。大迫さんに挨拶すると、奥の個室に案内してくれた。

「まず適当に注文するから、後で食べたいものを言ってね」

そう言うと、大迫さんがビールを三つと、手書きで書かれている本日のおすすめメニューを数品注文した。店員さんが伝票にメモして退出する。

「警視庁御用達の店でね」

おしぼりで手を拭くと、大迫さんが言った。「仕事柄、食事をしながら内緒話をすることもあるから、こういった個室のある店をいくつか知っているんだ」

なるほど。わたしたち大学生が行くような、隣と薄い壁や障子一枚で仕切られている個室とはわけが違う。奥まったところにある、VIPルームの趣がある部屋だ。そういえば、前回の焼肉店もそうだった。確かにこんな部屋ならば、機密に関わる話もできるだろう。

そう。大迫さんは警視庁の警察官なのだ。階級は、確か警視長。上から三番目か四番目だと聞いている。一般企業でいえば、専務とか常務とかに当たるだろうか。つまり、偉い人。けれど目の前の大迫さんは、物腰の柔らかい紳士という印象だ。本当に偉い人は、偉ぶらないのかもしれない。

一介の大学生であるわたしが、そんな警察の幹部と飲みに行くのには、理由がある。それは、十九年前に那覇空港で起きたハイジャック事件だ。

そのとき一歳だったわたしは、ハイジャック犯の人質になった。ハイジャック事件なのだから乗客全員が人質といえるのだろうけれど、わたしは特別だった。犯人に抱えられて、刃物を突きつけられたのだ。つまり何かあったら、真っ先に殺されるのがわたしだったわけだ。

その日、大迫さんは空港警備に携わっており、会社員である彼は同じ旅客機に乗り合わせていた乗客だった。警察が手出しできない機内で、人質になったわたしを救出するべく、彼はハイジャック犯と必死の交渉をしたそうだ。その勇気ある行動に大迫さんは感銘を受け、事件が終わった後も交流が続いているのだという。小学六年生のとき、偶然——事件の起きた七月十六日に那覇空港に行って出会ったのだから偶然とはいえないか——彼らと再会したわたしも、こうやって交ぜてもらっている。

ノックの音がして、ビールが運ばれてきた。

「じゃあ、飲もうか」

ジョッキを触れ合わせる。冷たいビールが喉に浸みた。この時間帯からアルコールを入れられるというのは、まさしく休息日という実感が湧く。

「そういえば」ジョッキを置いて、大迫さんが彼に話しかけた。「なんだか、重そうな本を買っていたね」

「ああ、これですか」彼が通勤鞄から買ったものを取り出す。A5判サイズ、辞書並みの厚さだった。表紙には大きく『大学受験案内』と書かれてある。

「あら、懐かしい」

わたしはその本をよく知っている。高校の図書館に置いてあった。日本の主要大学の情報や最近の大学受験の傾向が掲載されている本だ。多くの大学の情報を収録しなければならないから、自然と厚くなる。

大迫さんが軽く首を傾げる。

「あれ？　上のお子さんは、まだ高一じゃなかったっけ」

「そうなんですけど」彼が困ったような顔をした。「中高一貫校だと、高一から大学進学を意識した指導をするそうなんです。僕も大学受験しましたけど、三十年近く前のことですから、自分の経験は役に立ちません。だからこうやって、情報をアップデートしようと思いまして」

わたしも中高一貫校だったから、高一のときに大学について調べはじめた。先生たちは「大学進学がベストな選択とは限らない」と言っていたけれど、現実問題として圧倒的多数が大学に進学する。だから他の進学校と同様の準備をするのは当然のことだ。

「そうか」大迫さんが笑顔になった。「上のお子さんが、もう大学を意識する歳になったか」

感慨深そうに話しながら、何かを思い出したような表情をした。顔をこちらに向ける。

「そういえば、聖子ちゃんは彼の家に行ったんだっけ」

「はい。先月」わたしは彼に頭を下げた。「その節は、ありがとうございました」

「いやいや」彼が片手を振る。「貴重な休日を使わせてしまって、かえって悪かったね」

彼が本をしまった。

「この前、人質の子と飲んだって嫁に話したら、えらく驚かれましてね。うちに連れてくるよう、厳命されたんです。だから、迷惑を承知の上で声をかけたんですよ」

聞いたところでは、彼の奥さんもまた、ハイジャック機に乗っていたのだそうだ。だからわたしがハイジャック犯に刃物を突きつけられたことも知っている。そのときの乳児が大人になって、しかも会おうと思えば会えるというのだから、驚くのも無理はない。そして会いたいと言ってくれたのは、奥さんも彼と同様、同じ機内にいたわたしのことを「仲間」と思っていたからだろう。ありがたい話だ。

大迫さんが申し訳なさそうな顔をした。

「私も誘ってくれたのに、用事があって行けなかった。すまなかったね」

発言とは裏腹に、大迫さんがあえて遠慮したことはわかっている。被害者の集まりに、警察官が入り込むべきではないと考えたのだ。そういう気遣いができる人だ。彼もわかっていて「またタイミングをあらためて来てください」と軽く返した。

「本当に楽しかったです。奥さんによろしくお伝えください」

本音だった。彼の奥さんは、元気で優しくて、それでいて押しつけがましいところがまったくない、さっぱりとした人だった。あまりにも魅力的だったから、彼抜きでもまた会いたいと思ってしまったくらいだ。

彼が困ったように笑う。

「娘になつかれちゃったね。ずっと傍を離れなくて、どうしようかと思ったよ」

「いい子ですね」奥さんによく似た大きな目を思い出す。「小学五年生っていってましたっけ。わたしは塾でそのくらいの子をよく教えていますけど、あれほど素直なら、吸収も早いだろうなと思います」

「本当にそうだったら、どれだけいいことか」

彼が慨嘆するように言って、笑いが起きた。

「上の息子さんはどうだったんだい?」

大迫さんが尋ねると、彼は苦笑した。

「部活から帰ってきて、聖子ちゃんを見ると驚いたようでした。『こんにちは』と小さく挨拶して、部屋にこもってしまいました」

「年上の女性を相手にしたら、高一ならそんなものだな」

みんなでまた笑った。長男くんの、微妙に視線を逸らせた顔を思い出す。確かに、ちょっとからかいたくなる反応だった。妹ちゃんの「もーっ、お客さんに失礼なんだからーっ」という怒りの声に、なごむ方が先立ったけれど。

わかりやすくいえば、温かい家庭。わたしが妹ちゃんの年頃には、決して得られなかったもの。

ハイジャック事件の後、父は変わったそうだ。それまでは大企業の第一線で活躍し、家庭でも妻と娘を大切にする、優秀な人間だったと聞く。けれど娘であるわたしがハイジャック犯に囚われたときに何もできなかった事実が、父を打ちのめした。

事件以来、父は何に対しても正面から向き合えない人間になってしまった。妻や幼い娘に対してもおどおどと接するようになった一方、酒に溺れて酔うと母やわたしを殴るようになった。会社でも無気力になってしまったから、若くして左遷された。それに応じて給料も下がり、経済的にも苦しくなった。わたしが物心ついた頃には、家庭は荒れ果てていたのだ。

もしわたしがあのままずっと家で暮らしていたら、彼の温かい家庭は、ずいぶんと居心地が悪いものになっていたと思う。なぜなら、自分の不幸を憐(あわ)れんで、他人も不幸になることを願う人間に成り果てていただろうから。

そうならなかったのは、中学進学と同時に学校の寮に入ったからだ。家を出ることによって、父から逃れられた。

進学先の沖縄孝月学園(おきなわたかつきがくえん)は、東京大学の合格者数を競うような学校ではなかった。人格形成に重きを置く校風で、自分を認め他人を認めることが教育の根底にある学校だ。そのためか、幼少時に心に傷を負ったと思われる生徒も——わたしもその一人なのだけれど——少なからずいた。そんな環境に六年間身を置くことで、わたしも成長できたと思う。だから他人を思いやることができるし、彼の温かい家庭にも自然な喜びをもって接することができる。

にもかかわらず、心に影が差すのを感じた。

そう。わたしは成長できた。幸せになることができたと言い換えてもいい。では、わたし以外の人はどうなのか。

「——聖子ちゃん？」

名前を呼ばれて我に返った。目の焦点を合わせると、大迫さんと彼が不思議そうな顔でこちらを見ていた。どうやら、いつのまにか自分の世界に入り込んでいたようだ。

「すみません」現実世界でわたしは謝った。「ちょっと昔のことを思い出してました」

そこまで言ったところで、ノックの音がした。扉が開き、店員さんが料理を運んできた。

「活イカのお造り、栃尾のジャンボ油揚げ、のど黒の塩焼きです」

本日のおすすめとしてメニューに書いてあった料理だ。テーブルに並べて、店員さんが退出する。

「食べよう」

大迫さんが宣言して、箸を取った。わたしも倣う。順番からすると、最初はやはりイカの刺身だ。先ほどまで水槽で泳いでいたものを捌いたのだろうか。足の先がまだ動いている。鮮度としては、これ以上のものはない。半透明の身を取って、ショウガ醬油につけた。口に運ぶ。コリコリとした食感と甘みが口の中に広がった。

「うん、おいしい」

わたしの代わりに彼が言って、今度は油揚げを取る。さくりという音が、こちらまで聞こえてきた。音だけでおいしいことがわかる。油揚げを飲み込むと、彼が言った。

「さすが新潟。どれも日本酒に合いそうですね」

「このビールが終わったら、次は日本酒にするか」

「そうしましょう」

しばらく料理を堪能した。ビールを飲み干したところで店員さんを呼んで、追加の料理と日本酒を注文した。店員さんが退出したタイミングで、大迫さんが視線を向けてきた。昔のこととは何か、と問うている。わたしは箸を置いて口を開いた。

「わたしは沖縄の中学校に進学して、家を出ました。おかげで、父の暴力から逃れられました」

大迫さんも彼も箸を置き、静かにわたしの話を聞いていた。

「学費や寮費の減免制度がある沖縄孝月学園を見つけてきたのは、従姉(いとこ)の真由美(まゆみ)姉さんでした。那覇空港で一緒だった人です」

小学六年生の夏に、わたしは大迫さんと彼に会っている。そのときに、真由美姉さんも一緒にいた。二人とも思い出したようだ。うんうんとうなずく。

「それだけではなく、わたしが父から逃れて避難できるように、近くにアパートを借りて住んでくれました。しかも塾に通えないわたしのために、自分の時間を削って勉強につき合ってくれました。今のわたしがあるのは、真由美姉さんのおかげです。本当に、いくら感謝しても感謝しきれません。『聖子ちゃんの面倒を見てやれって、うちの親父(おやじ)殿が軍資金をくれたんだよ。だからアルバイトみたいなもの』と笑っていましたけど、そんなはずありませんよね。潤沢(じゅんたく)に軍資金があったのなら、伯父に月謝を出してもらって塾に通わせるだけで済んだはずですから。真由美姉さんは自分を犠牲にして、わたしのために奔走(ほんそう)してくれたんです」

那覇空港で彼と出会ったときに、真由美姉さんは、感情の昂(たか)ぶりから彼にひどい言葉を投げつけた。あなたが余計なことをしたから、この子の家庭は壊れてしまったのだと。彼はそのことを憶えているのかいないのか、わたしが真由美姉さんに対する感謝の言葉を述べても、嫌な顔はしなかった。

「わたしが中学受験にチャレンジすることについても、両親を説得してくれたのは、伯父――父の兄です——と真由美姉さんでした。母はわたしが受験を決意する前から『あんたは公立よ』と言っていたので、わたしが言っても言下に却下されるからです。父は酒に酔うとわたしと母を殴りましたけど、飲んでいないときは逆に、ご機嫌を取るかのようにおどおどしていました。伯父はそれを知っていましたから、土曜日の起き抜けという、父が素面(しらふ)のときを狙ってやってきました」

彼が小さく笑う。伯父の作戦に感心したのだろう。

「といっても伯父は、おどおどした父に強気一辺倒でまくし立てたわけではありませんでした。沖縄孝月学園は学費も寮費もかからないし、近くに祖父母が住んでいるから何かあっても安心だと言いました。受験料はかかるけれど、二万円程度のもの。東京にも試験会場があるから旅費も要(い)らない。私立の進学校といっても極端に偏差値が高いわけではないから、十分合格圏にあること。そんなふうに丁寧に説明して、両親を説き伏せました」

話しながら、心が痛むのを感じた。

「わたしは幸運でした。努力が報(むく)われる環境を、周囲が整えてくれたからです。わたしは、それでよかった。では、整えてくれた周囲の人たちはどうなんでしょうか」

「なるほど」大迫さんはわたしの言いたいことに見当がついたようだ。「お母さんのことか」

「はい」肯定しながら、自分の視線が落ちるのを自覚していた。

「真由美姉さんも伯父も、わたしを悪い家庭環境から救い出そうと懸命に動いてくれました。でも、わたしが出て行った後には、父と母が二人きりで残されることになります。わたしがいた頃は曲がりなりにも分散されていた父の暴力が、すべて母に向かうことになります」

　合格通知を受け取った日のことを思い出す。あのときは、努力が報われた達成感と、新天地に行ける喜びでいっぱいだった。つまり自分のことしか考えていなかった。残される母のことまでは、考えが及ばなかったのだ。

「しかもその頃には、父の無気力は社会人として限界の域に達していました。それでも会社は解雇せずにいてくれましたが、給料は大卒新入社員の初任給よりも低かったそうです。さすがに生活が苦しくなって、母も働きに出ました。わたしがいた頃からパートで働いていましたけど、伯父が見つけてきた工場の夜勤で働くことにしました。夜勤の方が、昼間に働くよりも時給がいいからです。ただでさえ父と二人きりで辛いのに、さらに肉体的にきつい仕事をしなければならなかったんです」

　ノックの音がして、店員さんが入ってきた。日本酒の入った徳利と盃が三つ。海老の真丈揚げ。蟹肉が入った卵焼き。鮭トバ、梅水晶。どれも、日本酒に合う肴ばかりだ。

　彼が徳利を取り、わたしに向けてきた。盃を持って受ける。そっと日本酒が注がれた。徳利を受け取り、大迫さんと彼に日本酒を注ぎ返す。日本酒をそっと口に含む。キリッとした芳香が口いっぱいに広がった。

　父の飲み方は、このようなものではなかった。アルコールを体内に取り込むことが目的とばかりに、酒を口の中に放り込んでいた。味わうも何もあったものではない。あれなら、ホースとポンプで喉の奥に流し込んでも同じだっただろう。

一方わたしは、優れた人たちに囲まれて、上質な酒をちびりちびりと飲んでいる。父と同じようにならなくてよかった。父の遺伝子を継いでいる者として、そう思わずにはいられない。

「中学高校の六年間、わたしは帰省しませんでした。旅費がなかったからです。両親も状況は同じですから、わたしの顔を見に沖縄まで来たりしません。そうでなくても、両親揃って沖縄嫌いで飛行機嫌いですし。ですからわたしが父のことを忘れて学生生活を謳歌している間に、母はずっと苦労していたんです。挙げ句の果てには、あれだけ自分を虐待した父の介護。入院してから亡くなるまでの時間が短かったのが、せめてもの救いですが」

わたしは盃を干した。彼がまた注いでくれる。礼を言ってまたひと口飲む。

「今は、経済的にはずっと楽です。母は夜勤でがんばってきた功績が会社に認められて、嘱託社員として昼間に働いています。パートで働いていたときに比べて、待遇もずいぶんいいようです。加えて父の生命保険金と死亡退職金、死亡弔慰金が入りました。贅沢しなければ、わたしが社会に出るまでは、さほど困ることはなさそうです。苦労を重ねてここまでこぎ着けた母のがんばりに感謝しています」

ひとつ息をつく。

「でも、真由美姉さんへの感謝とは、少し違う気がするんです。真由美姉さんに対しては、わたしのために手を尽くしてくれたことへの、純粋な感謝です。でも母に対する感謝は、わたしのために一人で苦難を背負い込んだことに対する、後ろめたさを含んだものなんです。わたしは母を犠牲にしてしまったのではないかと」

わたしが言葉を切ると、個室に沈黙が落ちた。

「すみません」わたしは二人の年長者に頭を下げた。「せっかくの席を、暗くしてしまいました」

「そんなことはないよ」大迫さんがすかさず言った。「飲み会で話しちゃいけないことなんて、何もない」

「それに、話を聞いていると、君もお母さんも、今はいい状態なんだね」彼も追随した。「物語でいえば、ハッピーエンドの真っ最中。だったら、満喫すればいい。就職して給料をもらうようになったら、どんどんお金を使えるよ。使いすぎて貯金しなかったら、結婚するときに相手に怒られることになるから、そこだけ注意すればいい」

　まるで自分のことのようなコメントに、頬が緩んでしまう。こんなふうに言ってくれる人たちがいてくれて、本当にありがたい。

「それにしても」大迫さんが盃を手に言った。「真由美さんだっけ。那覇空港で会った人」

「はい」

「すごい人だね。聖子ちゃんの進学先を探してきたり、勉強を教えてくれたり。何より驚くのは、近くに住んで避難場所を提供してくれたところだな。そこまでできる人は、なかなかいない」

「そうですよ」まるで自分が誉(ほ)められたような気がした。「本人は『職場がたまたまこの近くだっただけだよ』と言ってましたけど。さっきお話しした軍資金と同じで、素直には感謝させてくれない人です」

「たいしたものだ」大迫さんが感嘆したように天を仰いだ。「那覇空港で会ったときは、ずいぶん若い印象を受けたのに」

それはそうだ。本当に若かったのだから。

「あのとき、二十五歳でした。春に大学院を出て、化学メーカーの研究所に就職したんです。実家は千葉ですけど、千葉からでは通勤できないから、アパートを借りたということでした」

彼が瞬きした。梅水晶を箸でつまむ。梅水晶の材料はサメの軟骨だ。コリコリとした食感と梅の酸味が心地いい。彼はしばし軟骨の食感を楽しんだ後、口を開いた。

「なるほど。勉強を教わるには最適な人材だね」

「そう思います。中学受験のテキストは、時事問題を除けば、必ずしも最新である必要はありません。ですから、古本屋の百円均一コーナーで探してきたテキストを使っていました。真由美姉さんには、それで十分だったんですね。わたしも塾でバイトしてますけど、あれほど上手に教えられません」

「でも、先生が優秀だから合格するってわけじゃない。聖子ちゃんも相当努力したんだね。沖縄孝月学園の合格最低偏差値はそれほど高くないけど、授業料免除のためには、特待生合格しなけりゃいけなかったんだから」

そのとおりだけれど、ここは真由美姉さんと同様、素直に誉められるわけにはいかない。

「多少は努力しましたけど、周囲の力の方が大きかったです」

彼は謙遜（けんそん）を聞き流した。日本酒を飲むと、盃を静かに置いた。

「君は努力した」もう一度言った。そして優しい目でわたしを見た。

「その努力が、お母さんを救ったんだね」

個室は静まりかえった。

わたしは、そして大迫さんも、彼の言葉に反応できずに固まっていた。彼一人が鮭トバを嚙みちぎり、日本酒を飲んでいた。

数秒の間を置いて、大迫さんが口を開いた。「どういうことだい?」

「どうもこうも」彼は鮭トバを飲み込んで答える。「聖子ちゃんは懸命な努力で沖縄孝月学園に合格した。それがお母さんを救った。実に素晴らしい。そういうことです」

それじゃあ、そのまんまだ。

「わたしはずっと、自分のために母を犠牲にしてきたと説明してきましたよ。それなのにどうして、わたしが母を救ったことになるんですか。まったく逆じゃないですか」

正当な反論だと思う。しかし彼は髪の毛一本分の動揺も見せなかった。盃に残った日本酒を飲み干して、テーブルに置く。

大迫さんはため息をついた。「聞こうか」

彼は考えをまとめるように宙を睨んだ。

「どこから説明しましょうか――それ以前に、聖子ちゃんを怒らせる発言もけっこう多いんですが」

怒らせる。どういうことだろう。彼の話はときどき理解を超えることはあっても、わたしを傷つけることは、今までなかったのに。

「かまいません」

わたしはそう答えた。わたしが母を救ったというのが、中身のない慰めでないことがわかっていたからだ。彼は、そのようなことを口にする人間ではない。

彼は「そうか」と短く言うと、もう一度口を閉じた。珍しい、ためらい。

「聖子ちゃんが説明し、大迫さんがコメントしたように、真由美さんと伯父さんの働きは素晴らしかったと思う。もちろん伯母さんも尽力してくれたはずだ。君が助けられたことに感謝するのも当然だ」

全面肯定しながら、彼の表情は冴えなかった。わたしに申し訳なさそうな顔を向けてくる。

「でも、気になるところがあったんだ。玉城家は、聖子ちゃんが一歳のときにハイジャック事件に遭った。事件の影響でお父さんが壊れてしまったのなら、そこから中学受験する十二歳まで、十一年間ある。その間、彼らは何もしなかったんだろうか」

一瞬、何を言われたのか、わからなかった。まるで遠くの稲光の後、遅れて雷鳴が聞こえてくるように、間を置いて言葉の意味を理解していた。

「え、えっと……」

頭の中で答を探す。あれほどわたしを気にかけて、手助けしてくれた真由美姉さん。彼女は、いつからわたしの自分史に登場したのか。

記憶を探るわたしに向かって、彼は静かに言った。

「真由美さんが聖子ちゃんを助けてくれるようになったのは、近所に引っ越してきてからじゃないのかな。君が小学六年生になった春に大学院を出て就職したということは、真由美さんはその頃から助けてくれるようになった。そうじゃないか?」

答が音声として耳に入ってきて、わたしはようやく思い出した。彼の言うとおり、小学五年生までのわたしは、親戚に年上の従姉がいるらしい、という認識しかなかった。その後の真由美姉さんの活躍があまりに印象深かったから、ずっと世話になっていたというふうに刷り込まれていた。しかし、実際はそうではなかったのだ。

「……そのとおりです」

彼は相変わらず申し訳なさそうにうなずく。

「じゃあ、それまではどうだったのか。ここで怒らせることを言うわけだけれど、聖子ちゃんが中学に入るまでの最後の一年間はともかく、それまでの十年間、伯父さん一家はまったく助けてくれなかったんじゃないかな」

反射的にムッとした。真由美姉さんや伯父の努力を否定されたように感じたからだ。しかし、記憶が感情を裏切った。真由美姉さんだけではない。それ以前に我が家に親戚がやってきて、あれこれ世話を焼いてくれたという記憶はない。

彼はわたしの心情を見透かしたように、話を続ける。

「でも、それは仕方がないと思う。ここから、ちょっと昔話につき合ってもらいたい。あの事件では、いったい何が起きたのか。琉球航空八便が、離陸直前にハイジャックされて滑走路の真ん中に止まった。午後八時過ぎのことだ。ハイジャック犯が飛行機から離れたのが、十時半少し前。その間、乗客はずっと座席に座っていただけだ。死者が一人と骨折した人が一人出たけど、他の乗客はぴんぴんしていた。直接の人質になった君たち三人も、怪我らしい怪我はしていなかったはずだ」

大迫さんが深刻な顔をした。当日のことを思い出しているのだろう。

「乗客が機内から解放された頃には、もう深夜になっていた。だから航空会社が用意したホテルに泊まって、次の日に別の飛行機に乗って沖縄を離れたはずだ。僕は犯人と関わってしまったから、大迫さんに留め置かれて絞られたけど」

最後の科白は、明らかに大迫さんをからかう口調だ。大迫さんの表情が、苦笑に変わる。

「ともかく、僕も嫁も、ハイジャック事件の被害者だ。弁護士が間に入って、損害賠償請求の交渉が行われた。航空会社、凶器の持ち込みを許した空港運営会社、県警を所管する沖縄県が交渉相手だったかな。交渉は成立したけど、結果は芳しくないものだった。機内に閉じこめられた二時間ちょっとの間、ものすごい精神的ストレスを感じただけで、健康被害は何もない。そんな被害者には、たいして賠償金は支払われないんだ。示談が成立してもらったのは、正直言ってがっかりするような金額だった。ということは、聖子ちゃんの両親も同じ程度しかもらっていない。君は乳児だったし、直接の人質になっていたから、多少上乗せされたかもしれない。だけど怪我がまったくなかったから、しれたものだと思う」

彼はいったん話を切り、自ら徳利を取って盃を満たした。ひと口飲む。そして話を再開した。

「僕は君のお父さんと同じ立場だ。若いサラリーマンが休暇で沖縄を訪れていた。お父さんは家族を、僕は彼女を連れていたから、状況も近い。だから僕は、君のお父さんに感情移入することができる。あれは、本当に辛い体験だった。事件をきっかけに人生を狂わせてしまったというのも、共感できる。僕がたまたまそうならなかっただけで。でもね。外から見たら、どうだろう」

「といいますと?」

彼は小さく息をついた。

「日本中を騒がせた大事件だ。そこに自分の弟がいたとなれば、当然心配する。可愛い姪にハイジャック犯が刃物を突きつけていたと聞けば、肝を冷やしたことだろう。でも戻ってきた弟はぴんぴんしている。姪っ子も元気だ。ああ、よかったと思うと同時に、拍子抜けもすることになる。なんだ、元気じゃないかと。その後の賠償金額を聞いたら、なおのことだ。大騒ぎしたけど、実はその程度の事件なんだと解釈する。つまり事件が終わってしまったら、周囲の認識なんて、そんなものなんだよ。事件の後、お父さんは一時躁状態になったけど、ある日スイッチが切れたように無気力になったということだったね。伯父さんも、そこまでは見ている。でも、深刻には受け止めない。だって、事件自体がたいしたことないんだから、それによって受ける影響も小さなもののはずだと」

彼は大迫さんに視線を向けた。警察官として多くの事件被害者を見てきた大迫さんは、真面目な顔でうなずいた。

「そのとおりだよ。実害がなければ、いや、実害があったところで、他人は被害者の苦しみを理解できない」

　彼は当然のように首肯する。

「つまり、ハイジャック事件の後、真由美さんも伯父さんも、一時的に心配はしたけど、その後は事件があったことすら忘れてしまっていたと思う。まさか、事件をきっかけに家庭が壊れるなんて、考えもしない」

　また怒りが湧いてきた。我が家を狂わせた大事件を、矮小化しているように聞こえるからだ。

　しかし発言者は、他ならぬ彼だ。同じ事件に巻き込まれ、わたしを助けるために、身の危険を顧みず行動した彼だからこそ、わたしも話を聞く気になるし、説得力も持っている。

「事件の後に飛行機嫌いになるというのは理解できるから、弟一家が帰省しないことについては、気にならない。でも伯父さんは千葉、お父さんは東京に住んでいるから、近所といえなくはない。関東で会ったりしないのかという疑問が湧く。ここで、僕はまたお父さんの立場になって考える。事件をきっかけに心が折れ、無気力になってしまった。酒に逃げることも、家族に暴力を振るうことも、よくないことだとわかっている。でも、そうせずにはいられない。自分で自分をコントロールできないんだ。そんな状況で、お父さんは兄である伯父さんと会いたがるだろうか。助けを求めるだろうか」

「会おうとは、しないだろうね」大迫さんが答える。「話を聞くかぎりでは、お父さんは一族の中でも成功者といわれていたらしい。そのプライドもあって、苦しいから助けてくれとはいえないだろう。いくら相手が兄でも。いや、兄だからこそ。悪いのは自分だとわかっているんだから」

「そう思います。伯父さんだって、日々懸命に生きています。弟から全然連絡がなくても、便りがないのはいい便りとなんとなく考えて、放置するでしょう」

彼は再びわたしの方を向いた。

「だから伯父さん一家は、聖子ちゃん一家の苦境をずっと知らなかった」

「でも、知ってしまった……」

彼は大きくうなずいた。

「そう。きっかけは真由美さんが東京で就職したことだ。真由美さんは近所に居を構えた理由を『職場がたまたまこの近くだっただけだよ』と説明したそうだけど、謙遜でも何でもなくて、本当のことだよ。住居を決めた後、そういえば叔父一家が近くにいることを思い出して、挨拶に行った。そうしたら、家が荒れ果てていることに驚く。叔父も叔母も、自分の記憶にある姿とずいぶん違う。いったい何があったのかと訊いても、おそらくお父さんは本当のことを教えない。でもお父さんがいないときにお母さんと聖子ちゃんに聞き取り調査したら、状況が理解できた」

わたしはそのときのことを憶えていない。でも、真由美姉さんの驚きは容易に想像できた。まさしく青天の霹靂(へきれき)だったことだろう。

「これはまずいと思って、おそらくは自分の父親、聖子ちゃんの伯父さんに相談した。伯父さんも飛んでいった。そして弟の変わりように驚く。最初は兄として、弟を叱ったかもしれない。何をやっている、悔い改めろと。でも、そんな説教で立ち直れたら苦労はない。おそらく伯父さんは、早い段階でお父さんを立ち直らせることをあきらめた。立ち直る可能性があれば、そちらに力を注いだはずだから」

納得できる展開だ。あの父が立ち直れるとは思えないだろう。しかし、それでもわたしの父なのだ。父が兄弟からすら見限られたと聞かされるのは、やはりいい気分がするものではなかった。

と同時に、伯父の慨嘆を思い出す。真由美姉さんが近くに住むようになってから、伯父の家に連れて行ってもらうことが幾度もあった。その度に伯父は、父が壊れてしまったことを嘆いていた。あれは、父の危機を軽く見ていた自分に対する嘆きだったのかもしれない。

「そうなると、面倒見のいい伯父さん一家のことだ。どうやって弟の妻と娘を救うかを考えるようになる。変な言い方だけど、救出プロジェクトが発動した。そんな印象を受ける」

「ちょっと待った」

大迫さんが遮った。「伯父さんは、弟が立ち直ることはないと悟った。じゃあ離婚させて、弟から妻と娘を遠ざけることをまず考えるんじゃないか？」

そういえば前回の飲み会では、離婚した夫婦の話が出てきた。大迫さんも、そのことが頭にあったのだろうか。

しかし彼は首を振った。

「そうは思いません。なぜなら、伯父さんはお父さんの兄弟であって、お母さんの兄弟ではないからです。古い言い方をすれば、伯父さんにとって聖子ちゃんのお母さんは、玉城家に嫁いできたお嫁さんです。離婚させるというのは、家から追い出すことを意味します。追い出した後の生活はどうなるでしょう。養育費を払えるくらいなら、こんなことになっていません。生活できるほどの仕事や再婚相手を用意できないのであれば、離婚を提案することはできないのです」

大迫さんは喉の奥で唸った。「確かに、そうだな」

「逆に、もしお母さんの兄弟だったら『あんな家に嫁がせたのが間違いだった』と、後のことなど関係なく、離婚させるでしょう。そこから、あらためて身の振り方を考えます。でも、現実はそうじゃなかった」

大迫さんが納得したのを確認すると、彼は話を続けた。

「プロジェクトといっても、十一年間壊れ続けた家庭だ。そう簡単に改善できるものでもない。だからまず最初にやったのが、聖子ちゃんに真由美さんの家の場所を教えることだった。父親から虐待を受けそうになったら、逃げてくるようにと。準備も投資もなしで、少なくとも聖子ちゃんが殴られることは回避できた」

そのとおりだ。雲行きが怪しくなったら、わたしはダッシュして真由美姉さんのアパートに駆け込んだ。確かに、それ以来殴られなくなった。というか、逃げることができていた。今まで考えもしなかったけれど、真由美姉さんのアパートまで追いかけてくるぐらいの元気があったら、父も立ち直れる可能性があったのかもしれない。しかし父には、そんな元気すらなかった。

「でも、逃げ場は解決にはならない。殴られそうになったらヘルメットをかぶるのと、たいして変わらないから。もっと抜本的な解決方法が必要になる」

「真由美姉さんは、沖縄孝月学園への進学を勧めてくれました」

あの頃のことを思い出す。「学校案内を取り寄せて、実際に学校訪問もしました」

「そうだね」彼は徳利を取って、わたしの盃を満たしてくれる。わたしも徳利を受け取って、二人の年長者に日本酒を注いだ。

「聖子ちゃんを危険から遠ざけるためには、やはりお父さんから引き離すしかない。ひょっとしたら、伯父さん夫婦が聖子ちゃんを預かることも検討したかもしれない。真由美さんは独立したから、子供一人分の養育費は浮くわけだし。でもおそらくは事情があって、その選択肢は採らなかった」

わたしはうなずく。そんな話は聞いたことがない。聞いたところで、拒否していたのではないか。突然現れた親戚に「転校して千葉に住め」と言われても、腰が引けるだけだから。

「親戚に預けるのでなければ、遠方の中学に進学させるというのが次善の策になる。遠方ならば、寮のある学校だ。地方には、いくつもある。しかし残念ながら、そういった学校は、たいてい私立だ。学費が高いから通わせられない。しかも、受験には準備が必要だ。中学受験用の学習塾で勉強するのが一般的だけど、五年生からスタートしても遅いといわれる世界なのに、聖子ちゃんは六年生になっても何の準備もしていない。そう考えると、遠方の私立中学校に入れることは現実的でないように思える」

彼は日本酒を飲んだ。

「でも、真由美さんはあきらめなかった。聖子ちゃんと接していて、頭の良さはわかっている。別に東大合格率ナンバーワンの学校に行かせたいわけじゃない。場所はどこでもいい。寮があって、授業料免除の特待生制度があって、しかも今から勉強してもなんとかなりそうな学校を探したことだろう。おそらくは最も条件に近かったのが、沖縄孝月学園だった。君に見せなかっただけで、他の学校案内も相当数取り寄せていたと思うよ」

彼の説明を、真由美姉さんに当てはめてみる。彼女の行動として、驚くほどぴったりと当てはまった。そうだ、真由美姉さんならそう動くはずだ。

彼はわたしの目を覗きこんだ。

「ただ、この方法には問題もある。それは聖子ちゃんの気持ちだ。『今から受験勉強なんて嫌だ』と言われたら、簡単に頓挫する。お父さんから離れるためだからと説得したところで、受験勉強に身が入らなければ意味がない。そこで一計を案じた。真由美さんは、お母さんに中学受験について、前もって話をしたんだと思う」

「ええっ？」

思わず変な声が出た。「でも、お母さんは受験に反対して――」

「そうだね」彼はあっさり認めた。「うちにはお金がないから公立だと、君に言ったということだった。僕はここに引っかかった。聖子ちゃんは自分から受験の話題などしたことがない。それなのになぜ、お母さんはわざわざ口に出して否定したのか。お互い黙っていれば、ごく普通に学区の公立中学校に進学するのに。なぜ望まれてもいない受験を否定してみせたのか」

「そうか」大迫さんが言った。「今まで特に行きたいと思ってなくても、面と向かってダメだと言われたら、かえって行きたくなるのが人情だ。そこですかさず実現可能性を示してみせれば、一気にやる気になる」

「そう思います」彼は笑った。「真由美さんとお母さんが結託して、上手に君を誘導した。そんなところだと思うよ」

「お母さんが……」

父に引きずられるように無気力になり、父と喧嘩ばかりしていた母。その母が、わたしの進学に一肌脱いだというのか。

それが事実なら、嬉しいことではある。わたしの将来になんて、まったく興味がないと思っていたのに。

しかし嬉しいと同時に、さらに心が重くなる。先ほど、わたしは母を犠牲にして、自分だけ幸せになったという話をした。その犠牲に、要素がさらにひとつ加わっただけではないか。

わたしの顔が曇ったのだろう。彼が笑顔を消した。

「君の考えは、置かれた状況からすれば仕方のないことだと思う。むしろ、二十歳そこそこでそこまで母親を思いやれるのは、素晴らしいことだ。でもね、君はものすごく大切な要素を忘れている」

「大切な、要素」

繰り返した。意味がわからない。わからないのだから、忘れるもなにもない。実際に、わたしは首を振ってみせた。彼が渋い顔をする。

「真由美さんと伯父さんの、個性と能力だよ。さっき、救出プロジェクトだと言っただろう?

あの二人が、聖子ちゃんだけを救い出して満足するのかな」

　一瞬の間を置いて、彼の言葉が脳に到達した。次の瞬間、わたしは口を開けていた。

「あ……」

「そういうことだよ」彼は強く言った。「彼らがお母さんを救い出さずに終わらせるはずがない。ましてや、聖子ちゃんを救うためにお母さんをさらなる苦境に追いやるなんてことを、許すと思うかい？」

　今度は間髪容れずに反応できた。「あり得ないです」

　彼が表情を戻した。

「そういうことだよ。聖子ちゃんが家から離れると同時に、お母さんも救われる。彼らの計画では、そうなっていたはずだ。そうでなければならない」

「で、でも」つっかえながら反論を試みた。「わたしがいなくなることによって、母は父と二人きりになりました。父の暴力が母一人に集中することになります。だからわたしは――」

　言いかけて、やめた。彼がまたわたしの目を覗きこんでいたからだ。本当にそう思うの？――彼はそう問うていた。

　わたしは頭を振った。わからない。しかし彼はわたしを責めなかった。むしろ、その瞳に温かさが増した気がした。

「君の話だと、お父さんはますます無気力になって、大卒新入社員の初任給よりも給料が低くなったということだったね。それではさすがに生活が苦しいから、お母さんも働きに出た。しかもきついけれど時給のいい工場の夜勤だ。ここでも君は、お母さんに犠牲を強いたと考えた。でも、違うと思う」

どこが違うのか。これほど綺麗なストーリーもないではないか。それなのに彼は違うと言う。頭が混乱してきた。

「考えてごらん。夜勤業務を実際にやったとする。お母さんの毎日はどうなる？　夕方に出勤して、朝方に帰ってくることになるよね。一方、お父さんは会社員だ。朝に出勤して、夕方に帰ってくる。酒を飲んで暴れるのは、それ以降だ。お母さんは、いない」

どくん、と心臓が鳴った。わたしは今、何を聞いた？

「夜勤明けで帰ってきても問題ない。お父さんは出社の準備をしなければならない。二日酔いはあっても、酔っ払っているわけじゃない。そんなお父さんは、おどおどしてお母さんにご機嫌を取る精神状態だ。お母さんから責めることはあっても、逆はない」

大迫さんが納得したように言った。「狙った家庭内別居か」

「そういうことです。普通、家庭内別居といえばよくない家庭の典型のようにいわれますが、こと玉城家に関しては違った。お母さんの生活パターンを変えることによって、お父さんの暴力の行き場を失わせたのです」

彼の声が大きくなった。

「お母さんは、生活が苦しくなったから夜勤を選んだわけじゃない。順番が逆なんだ。夜勤で働く理由を作るために、夫の年収を利用したんだよ。そしてここにも、意志が働いている」

「母の職場を探してきたのは、伯父でした……」

わたしが答を言った。「離婚させずに父の暴力から母を解放するために、伯父が最適な職場を探したんですね。真由美姉さんがわたしのために沖縄孝月学園を探してくれたように」

わたしがようやく話についてきたことで、彼は嬉しそうな顔になった。

「そうだと思うよ。お母さんは夜勤でのがんばりを評価されて、今は嘱託社員として昼間に働いているそうだね。伯父さんは、そこまでやってくれる会社を探したんだと思う。普通の会社なら、夜勤のパートさんを気にかけたりしない。人材を活かすことに長けている会社ならではの措置だ。どれほど苦労したかわからないけれど、伯父さんはぴったりの会社を見つけだした。ただ、ここにも課題がある。乗り越えなければならない、重大な課題が」

鼓動が速くなった。ようやく、彼の言いたいことがわかったのだ。

「わたしが家にいたら、夜勤で働くことは、できない」

「家から公立に通っていたら、母はわたしの面倒を見るために昼型の生活をしなければなりません。夜になると殴られる生活を。母のためにも、わたしは寮のある学校に進学しなければならなかった。わたしが合格することによって母を救ったというのは、そういう意味だったんですね」

「最善ではなかったかもしれない」彼は言った。「なんのかの言っても夜勤はきついし、中一から親元を離れての寮生活もきつい。でも、次善の策としては優れていると思う。お母さんと聖子ちゃんをお父さんの暴力から解放するという目的を達成するためには。それを一年弱という短期間で成功させた伯父さん一家の計画力と行動力には、最大限の敬意を表する。素晴らしい人たちだよ」

彼の話は終わった。

個室にはまた沈黙が落ちた。それも当然だ。涙を流すのに、音は出さないから。

わたしが泣いている間、二人とも声をかけてこなかった。

わたしは、なんて愚かだったのだろう。感謝していると言いながら、真由美姉さんたちの真意を汲み取っていなかった。そして母の気持ちも。わたしは母を犠牲にしたと思っていたけれど、母も同様だったのかもしれない。自分が自由を得るために、わたしを邪魔者にしなければならなかったと、ずっと気に病んでいたのではないか。だからわたしが東京の大学に進学して家に戻ってきたときに、あれほど喜んでくれた。

彼は、わたしたちの現在をハッピーエンドだと表現した。でもそれは違う。ハッピーではあっても、エンドではないのだ。わたしたちは、これからますます幸せになれる。だって、母に対するわだかまりは、もう霧消したのだから。

わたしはおしぼりで目頭を押さえた。おしぼりを離すと、二人の年長者を等分に見た。

「ありがとうございました」

それだけ言った。他に言葉はいらない。盃を取る。日本酒を口に含む。それまで飲んでいたものと、まったく違う味がした。これほどおいしい酒だったのか。

盃を干したわたしに、彼がまた注いでくれる。

三人で、あらためて乾杯した。盃を干し、同時にテーブルに置いた。

「また、うちにも来てくれ」

彼は目を細めて言った。

「みんな、待ってるから」

雨中の守り神

走っている。

暴風雨だ。それもそのはず、台風が接近している。雨も風も、ときおり急に激しくなる。今はちょうど、どちらも激しくなっているところだ。

そんな日に、どうして走っているのか。普段は、運動なんてしていないのに。

理由はわかりきっている。あいつが追ってきているからだ。怪鳥の羽ばたきか？　それとも巨大な昆虫の羽音か。激しい風雨の中でも聞き逃しようのない、不吉な音。

角を曲がって狭い小径に入る。

撒いたか？　振り返る。ついてきていた！　この風雨の中、よろめきもしていない。動いた。こちらに向かってくる。

「ひっ！」

喉から声が漏れた。息を吸い込んだ途端、雨粒が喉に入った。むせた。もともと限界に近かった足がもつれた。身体が前方に投げ出される。両手でかばうこともできず、顔面からアスファルトに突っ込んでいった。

衝撃と激痛。

顔を押さえて路上を転がる。

目を開けた。激しい雨が眼球を打つ中、あいつの姿がはっきりと見えた。あいつはこちらを見下ろすように、宙に浮かんでいた。

サイレンの音が聞こえてきた。パトカーだ。

するとあいつは、パトカーから逃げるように飛び去っていった。

大きく息をつく。ようやく、いなくなってくれた。あいつを追い払ってくれて、パトカーには感謝するばかりだ。

たとえ自分を逮捕しに来たのだとしても。

＊＊＊

アウトドア雑誌コーナーには、本来用事がない。

キャンプに行く趣味はないし、共に海や山に行く友人がいるわけでもない。とはいえ、まったく経験がないわけではない。わたしが通った中高は沖縄にあって、学校行事でキャンプや海に行く機会が多かった。自然に親しむことを重視した学校だったのだ。

残念ながら、今は学業やアルバイトに忙しくて、縁遠くなっている。それにアウトドア系の趣味は道具が必要だから、お金がかかる。今のわたしには過ぎた趣味といえるだろう。

それなのになぜアウトドア雑誌コーナーにいるかというと、単に、待ち合わせ場所として指定されているからだ。つまり、待ち合わせの相手、少なくともそのうちの一人は、アウトドアに親しんでいる人ということになる。

午後六時五十五分。待ち合わせの七時まで、あと五分だ。平積みになった雑誌から顔を上げて、周囲を見回す。入口の方から、背筋の伸びた人影が近づいてくるのが見えた。大迫さんだ。

「お疲れさまです」

ぺこりと頭を下げる。大迫さんも「お疲れさま」と穏やかに返してくれた。警視庁の幹部ということだけれど、まったく偉ぶらない人だ。

大迫さんは親指で後方を指し示した。「彼は、レジにいるよ」

二人でレジに移動すると、支払いを済ませた彼が、本を入れた紙袋を通勤鞄にしまっているところだった。彼はわたしを認めると「やあ」と声をかけてきた。

「じゃあ、行こうか」

三人で書店を出た。

「今日は、どうしようか」

言いながら、大迫さんがこちらを見た。そろそろ希望を言ってもいい頃だよ、という視線。確かに、今までは年長者二人の選択に任せていた。あまりお任せでは、やる気のない奴だと思われてしまう。

「じゃあ、北海道料理なんて、どうでしょうか」

わたしが二十歳になったときに、お祝いに連れて行ってくれたのは、沖縄の石垣牛を食べさせる店だった。だから今回は、正反対の場所を挙げてみたのだ。実際、北海道にも北海道料理店にも行ったことないし。

すると、大迫さんが笑顔になった。妙に楽しそうだ。彼を見る。「だそうだよ」

彼が人差し指で頬をかいた。こちらも笑っている。「あのときの店が、空いていればいいんですけど」

「確認しよう」

大迫さんが携帯電話を取り出す。店に電話をかけた。短いやり取りをして電話を切る。

「取れたよ。行こうか」

なんだかよくわからないうちに、店が決まったようだ。書店から五分も歩かないうちに、目的地に到着した。確かに『炉端焼きの店』と看板に書かれている。

大迫さんが名前を告げると、店長らしき初老の男性が現れて、わたしたちを奥の個室に案内してくれた。

瓶ビールと本日のおすすめ料理を何品か注文すると、大迫さんはおしぼりで手を拭いた。

「この店には、以前来たことがあってね」

大迫さんが説明してくれた。「彼が、沖縄へ移住した人の体験記を買った日のことだ。でも自分は移住なんてできないからと、真逆の北海道料理を食べに行こうと言いだしたんだよ」

意外な言葉に、わたしは目を丸くした。「沖縄に移住したかったんですか？」

「昔はね」彼は懐かしそうな顔をした。「結局果たせず、こうして東京で暮らしている」

穏やかな表情が意味するものは「移住を果たせず残念だ」でも「あのとき移住しなくてよかった」でもないように感じられた。結果はどうであれ、自分はこの選択をしたのだ――そんなふうに、ごく自然に現状を肯定しているように見える。

もっともそう感じるのは、わたしが東京に住む彼しか知らないからだろう。元々スキューバダイビングが好きで、沖縄の座間味(ざまみ)島にダイビング旅行に行った際にハイジャック事件に遭遇したと聞く。「座間味くん」という妙なあだ名をつけられているくらいだから、未だに沖縄への憧れを捨てきれずにいても不思議はない。二人のお子さんが独立して、自身が定年退職したら、あっさりと沖縄へ移住してしまうという未来も、十分に考えられる。彼の奥さんも、喜んでついて行きそうな人だし。

彼が不思議そうに瞬きした。しまった。妄想が顔に出てしまっていたか。慌てて取り繕おうとしたら、ノックの音がしてビールが運ばれてきた。助かった。

わたしはいち早く瓶ビールを取ると、二人の年長者のグラスに注いだ。わたしのグラスには、彼が注いでくれる。

「じゃあ、あらためてお疲れさま」

大迫さんが言って、三つのグラスが掲げられた。口に運ぶ。冷たい苦みが喉に心地よい。大手ビールメーカーが北海道限定で販売しているビールとのことだ。味の違いがわかるわけではないけれど、おいしいことは間違いなかった。

警視庁の幹部である大迫さん。民間企業に勤務している彼。そして大学生女子であるわたし——玉城聖子の三人で、こうして飲みに行く。一見不思議な取り合わせには、事情がある。

実はわたしは、一歳の頃にハイジャック事件に遭遇したのだ。それも、犯人に抱えられて刃物を突きつけられていたらしい。

彼は同じ旅客機に乗り合わせた乗客で、見ず知らずのわたしを助けるために、犯人と必死の交渉をした。そして大迫さんは、警察官としてハイジャック事件の解決に当たっていたという。

事件から二十年経って、違う立場でハイジャック事件に関わった三人が、こうして酒を酌み交わす。事件直後からずっと交流が続いていたわけではなく、再会したのはほんの偶然だったのだ。非科学的かもしれないけれど、こういうのを縁というのだろう。

「そういえば」大迫さんがグラスを置いた。彼に視線を向ける。「さっきの本屋で、雑誌を買っていたね」

「ああ、これですか」彼が通勤鞄から先ほど買った雑誌を取り出す。A4判サイズだ。あまり厚くない。いい紙を使っているのか、表紙がつやつやしていた。表紙に大きく『月刊　起業』と書かれている。見たことのない雑誌だけれど、どのようなジャンルなのかはひと目でわかった。

「会社を興(おこ)すんですか?」

つい声が高くなってしまった。沖縄移住よりも意外なワードが出てきたからだ。

「僕じゃないよ」彼が片手を振る。「部下が会社を辞めることになってね。別の会社に移るんじゃなくて、自分で会社を創りたいと言うんだ。志あってのことだから止めはしなかったけど、僕自身は起業のことは全然わからない。どんなものかと思って買ってみたんだ」

「なるほど」大迫さんが納得顔をした。「その業界のことを知るには、雑誌を読んでみるのがいちばんだからな。最初はわからなくても、読んでいるうちになんとなくわかってくる」

「そういうことです」

彼が雑誌を鞄にしまいながら答えた。わたしなら図書館に行くけれど、書店できちんと買い求めるのは彼らしいと思う。ひょっとしたら、気になった箇所に蛍光ペンで傍線を引く癖があるのかもしれない。

またノックの音がして、今度は料理が運ばれてきた。つぼ鯛の焼き物。鮭ハラスの炙り焼き。トウモロコシの天ぷら。いかにも北海道という料理が並んだ。

トウモロコシの天ぷらを取る。衣のカリッとした食感とトウモロコシの甘みが絶妙だ。続いてビールを飲む。天ぷらの油をビールが流してくれて、口中がさっぱりした。ビールに合うと思うけれど、トウモロコシの甘みは日本酒にも合いそうだ。後で試してみよう。

「そういえば」つぼ鯛の身を丁寧にほぐしていた大迫さんが声を上げた。「聖子ちゃんの大学は、学生の起業にも力を入れているんじゃなかったっけ」

「力を入れているってほどではありません」

箸を置いて答える。「起業を志す学生にはきちんとケアするのは本当ですけど、学校があおっているわけじゃないです」

大迫さんが探るような目をする。「聖子ちゃんは？」

わたしは簡単に首を振る。「とてもとても。超安定志向ですから、起業の正反対です。公務員試験対策のゼミを取っています」

経済的に恵まれない母子家庭。特待生制度で大学に進学した身が、リスクを取って起業などできるはずがない。一般企業に就職する道もあるけれど、倒産のリスクがほぼゼロの公務員を目指すのは、わたしの置かれた環境からすれば当然の選択だと思う。

大迫さんも察したようで、瞳に理解の色を浮かべた。「ああ、そうなんだ」

「うちの学科は、五パーセントから十パーセントは公務員になっていますよ。データサイエンスのスキルは、地方自治体でも重宝されますから」

「いい選択かもしれない」彼が横からコメントした。「どこの自治体に行くかにもよるけど、転勤してもその域内だ。関東地方なら、お母さんからあまり離れずに済むわけだし」

さすがだ。こちらの狙いを正確に言い当てた。

「そうなんですよね。女だからあまり僻地（へきち）への配属はないだろうという期待を込めて、家から通勤できる東京か埼玉か神奈川辺りの役所に入れればいいなと思ってるんですが——ああ、こんなこと言っていると、起業した人に怒られますか。志がないと」

「そうでもないよ」大迫さんが否定した。なんとなく脊髄（せきずい）反射的な否定だと思ったら、大迫さんが何かを思い出したように宙を睨んだ。「そういえば……」

「どうかしましたか？」

「いやね」大迫さんがグラスのビールを干して、テーブルに置いた。「志がないというか、志があるのかないのか、よくわからない起業家がいたことを思い出したんだ」

「大迫さんが思い出したということは」彼の目が興味深そうな光を湛(たた)えた。「事件がらみですか」

「ご明察」大迫さんが笑い、みんなのグラスが空になっていることを確認した。

「まだビールにする？　それとも日本酒に移る？」

「日本酒にしましょう」

彼がまるでわたしの心を読んだように即答した。大迫さんが店員さんを呼び、日本酒と料理の追加を注文してくれた。


「長野県警の知り合いから聞いた話だ」

北海道の地酒が運ばれてきて、それぞれの盃に注がれてから、大迫さんが口を開いた。

「登場人物として、起業した人が出てくるんだけど、これがまた、聖子ちゃんを怒らせそうな人でね」

「またですか」

つい、言ってしまった。この前は、彼がわたしを怒らせる発言をすると宣言した。今回は大迫さん。いったい、どんなネタを持ってきたというのか。

大迫さんが困ったように笑う。

「世間的に一流といわれる大学に在籍していて、在学中に起業した人物だ。機械工学を専攻していて、自分が学んだ技術を活かして会社を興そうとしたわけだな」

起業家としては、むしろありふれたパターンではないか。そう思ったけれど、大迫さんの話には続きがあった。

「ただ、起業の動機には問題があってね。自分は技術開発が好きだけれど、社会の色々な面倒ごとは好きじゃない。技術者として一般企業に入社すると、そういった面倒ごとに巻き込まれる。それは嫌だ。じゃあ、自分で会社を創ってしまえば、好きな研究に没頭できるのではないか。そう考えたらしい」

「そんなの、あり得ないでしょう」頭の中で考えをまとめる前に、口が動いていた。「会社を立ち上げたら、資金繰りやなんやらで、かえって面倒ごとが増えるんじゃないですか？」

「そのとおり」大迫さんは口では肯定しながら、表情は否定していた。「その人物は、それがわからないほど愚かではなかったようだ。独立して好きな研究に没頭しながら、会社運営の面倒ごとから解放される手段を用意していた」

「ははーん」彼が察したような顔をした。「それが、聖子ちゃんを怒らせることですか」

「そのとおり」大迫さんが笑った。「まず、その人物は資産家の息子だった。父親に頼み込んで、財産の一部を生前贈与の形でもらい受けた。それを創業資金にしたわけだな。父親はなかなか業績のいい企業の経営者で、いずれは息子に後を継がせたいと考えていたようだ。一度他の企業に就職させて修業を積ませるつもりだったから、それなら起業して経営者を経験させるのも、ひとつの方法だと思ったんだろうな。成功しても失敗しても糧（かて）になるのは間違いない。父親は、息子の頼みを叶(かな)えてやった」

「確かに、怒ります」

わたしが間髪容れずにコメントして、笑いが起きた。

「そのうえ父親が軽井沢(かるいざわ)に持っている別荘を借り受けて、技術開発の拠点にした。別荘地は隣家とある程度距離があるから、多少の騒音は問題にならない。もちろん電気や水道などのインフラも使い放題だ。高度な計算が必要なときは、大学に行けば高性能のコンピューターを使える。軽井沢から東京へは、新幹線を使えば一時間ちょっとだ。開発環境としては申し分ない」

軽井沢に行ったことはないけれど、別荘地として有名な場所というくらいは知っている。そこに別荘を持っているというだけで、どれほどの資産家か想像がつく。いや、逆か。想像できないほどの資産家というべきか。

「殴りたくなってきました」

素直なわたしの反応に、大迫さんがまた笑う。

「面倒くさい会社の雑務は、大学の先輩に頼むことにした。卒業して大企業に就職したけれど、経営陣の方針に嫌気が差して辞めたところをスカウトしたんだ。自分が社長兼開発部長になり、先輩を副社長兼総務部長兼経理部長兼営業部長に任命して、二人三脚体制で会社をスタートさせた。目標としていた、純粋に技術開発に没頭できる環境を整えたわけだ」

「………」

もう、何も言えなかった。世の中には恵まれた人間が存在するのだと、あらためて思い知らされた。

しかし彼は違う点に関心を持ったようだ。盃をテーブルに置いて尋ねた。

「そこまでして手に入れた環境で、その社長さんは何を開発しようとしたんですか？」

「ドローンだ」

大迫さんが答えた。彼の眉がひそめられる。

「今どきドローンなんて、どこにでもあります。空飛ぶ機械を作ったところで、商売にならないでしょうに」

「ただのドローンならね」大迫さんは彼の盃に北海道の地酒を注いだ。

「その社長が開発しようとしていたのは、気象観測用のドローンだ。センサーやカメラを搭載したドローンを飛ばして、局地的な観測を行い、ピンポイントの天気予報に活用する。そのようなドローンはすでに開発されているけれど、まだまだ改良の余地があるらしい」

「そうでしょうね」彼が瞳に理解の色を浮かべた。眉の形が元に戻る。「無風で晴天の日ばかりではありません。むしろ悪天候のときにこそ、需要がありそうです。強風や大雨の中でも安定して飛行して観測でき、高度も自由に設定できるドローンじゃないと、使い物にならない」

さすがは技術職、ポイントを突いた発言だ。大迫さんもうなずく。

「機体を大きくしたら安定するけれど、今度は自身のプロペラが起こす風によってデータが乱されてしまう。小型で、頑丈で、姿勢制御に優れた機器が求められているわけだ」

「なかなか難しそうだ」

彼が楽しそうに言った。完全に社長に感情移入している。大迫さんも表情を緩めた。

「それだけでも難しいのは確かだろうけど、社長はさらに高い理想を抱いていた。火山噴火の観測に使える機体にしたいと考えていたんだ。さすがに水蒸気爆発の瞬間は、どんな優秀なドローンでも吹き飛んでしまう。けれど噴煙の中に入って観測できたら、科学的な価値は計り知れない」

彼が目を大きくした。純粋な興味。

「すごいですね。ただの風雨と違って、噴煙には火山灰が混じっています。細かいガラスの粉みたいなものですから、機体の隙間から入り込んで悪さをするでしょう。火山灰の侵入を防ぐ機体の開発は、困難を極めそうですね」

声が弾んでいる。社長がこの場にいたら握手を求めそうな勢いだ。

わたしも話を聞いているうちに、ただのどら息子の道楽ではないような気がしてきた。開発の顛末がどうなったか、知りたくなってきた。

しかし、わたしは忘れていない。大迫さんは事件の話をしているのだ。その社長は、どのような事件を起こしたのか。あるいは、巻き込まれたのか。

大迫さんは盃の日本酒を干した。わたしがお代わりを注ぐ。彼は鮭ハラスの炙り焼きに箸をつけた。わたしはわたしで、トウモロコシの天ぷらを食べてから日本酒を口に含んだ。少し重めの味わいが、トウモロコシの甘みによく合う。思ったとおりだ。

「というわけで社長は自ら創りあげた楽園で、ひたすら技術的な課題に取り組んでいたわけだ。

もっとも、すぐに結果が出る事業でもないから、しばらくは売り上げゼロの日々が続いた。その間、副社長は社長の工夫から特許のネタを拾い上げて申請手続きをしたり、気象予報会社との業務提携を探ったりしていたけれど、ある事件がきっかけで、状況が大きく変わったんだ」

　来た。思わず身を乗り出す。

「台風が長野県に接近していた日だった。みんな経験があると思うけど、台風が来ると、空模様はころころ変わる。風が強く吹いたかと思うとやんで、今度は別方向から吹いてくる。雨も強く降ったかと思えばやんで、また降りだす。そんな不安定な天候だ。つまり、気象観測用ドローンの試験飛行には、最適な条件なわけだ。横殴りの雨が叩きつける中、社長は嬉々としてドローンを抱えて外に出た」

　いいぞ。いかにも事件が起きそうな雰囲気になってきた。

「ここで、もう一人登場する。空き巣狙いだ。台風が来たのは九月下旬だったから、夏の休暇は終わっている。無人状態の別荘はいくつもある。しかも台風が接近しているから、出歩く人は少ない。見咎められることなく犯行に及ぶことができると考えたようだ。車で軽井沢まで来て、空き別荘の陰に隠すように車を停めて、別荘を物色した」

「あれ？」思わず声が出た。大迫さんがこちらを見る。話を止めてしまったことを詫びながら、わたしは言葉を続けた。

「誰もいない別荘に、金目のものなんて置いてあるんですか？」

　素朴な疑問に、大迫さんは丁寧に答えてくれた。

「さすがに、多額の現金が置いてあることは、滅多にない。狙いは電化製品と、換金性の高い家財道具だね。身ひとつで行っても普通に暮らせるのが別荘だから、生活に必要なものはひと揃いある。頻繁に通う人だったら、現地で乗るためのスポーツカーが置いてあったりもする。プロの目で見れば、宝の山ということもあるんだ。古い別荘だと、セキュリティの設備が整っていないことも多いし。だから防犯のために、自分がいない間は住み込みの管理人を雇う人もいる」

言われてみればそのとおりだ。自分が別荘などとは無縁の暮らしをしているから、そこまで思い至らなかった。それ以前に、普段住まない家を持っていること自体、理解の外にある。

「今回登場する空き巣狙いも、そういった家財道具が目的だった。大きめの家電を搬出していても不自然に見えないよう、作業服を着て、無人の別荘に侵入した。そこで見つけたのは、小型の発電機だ。カセットコンロのガスカートリッジで発電できるタイプで、行楽や災害時に重宝するから、いい値段で売れる。サイズも、大人の男が抱えて持ち運べるレベルだし、掘り出し物といっていいだろう。空き巣狙いは、いったん別荘を出て、車を持ってくることにした。いくら抱えられる大きさとはいえ、わざわざ風雨の中、重い荷物を手で運ぶ必要はないからね。他にも、大画面テレビなども車があれば持って行ける。そして手ぶらで車に向かって移動しているときに、異変に気がついた」

彼が大迫さんの盃に日本酒を注ぐ。大迫さんは話を中断して日本酒を飲んだ。盃を置いて、すぐに話を再開する。

「背後から妙な音が聞こえたんだ。最初は何の音かわからなかった。振り返ると、妙なものが宙に浮いていた。もうわかるよね。ドローンだ。空き巣狙いが聞いたのは、モーターとプロペラの音だった。ドローンは空き巣狙いの頭上を飛び越すと、目の前でホバリングした」

その光景を思い浮かべた。謎の飛行物体がいきなり現れたら、それは驚くだろう。後ろめたいことをしている最中だし。

「空き巣狙いも、ドローンであることはわかったけれど、なぜそんなものが目の前にいるか、わからない。周囲を見回しても、操縦者らしき人間はいない。ただ、自分を追い越して目の前に止まった以上、こちらを意識していることは間違いない。戸惑っていたら、ドローンがこちらに向かって進んできた。小型といっても六十センチ四方はある機体だ。そんなものがまっすぐ向かってきたら怖い。空き巣狙いは、来た道を引き返すように走って逃げた」

「しかしドローンは追いかけてきた」

彼が言い、大迫さんはうなずいた。

「そう。別荘地の道路は、要は左右を林に囲まれた田舎道だ。まっすぐに逃げるしか手はない。空き巣狙いは、アップダウンの激しい道を走って逃げる羽目になった」

「うーん」彼が自らの顎をつまんだ。「道の左右が林なら、林に飛び込んでしまえば、ドローンは追いかけてこられないと思いますが、それを期待するのは、酷というものでしょうね」

大迫さんがうなずいた。

「そうだね。道路は舗装されているから走れるけど、林の中だとそうはいかない。相手は空を飛んでいるんだから、わざわざ自分の速度を落とす真似(まね)はできないだろう。実際のところは、そこまで考えるゆとりはなかっただろうな。逃げるなら走りやすい道を自然と選択するだけのことだ。そして分かれ道で急カーブして、撒こうとした。しかしドローンもクイックターンでついてくる。そこまでが、空き巣狙いの限界だった。道路に倒れ込んでグロッキーだ。そこに警察官が駆けつけて、住居不法侵入の疑いで逮捕された」

「そのドローンが、社長が作ったものなんですね」

わかりきったことだけれど、あえて口を挟んだ。話を進めるための合いの手のようなものだ。大迫さんもわかっているようで、質問に答える前に鮭ハラスを口に運んだ。

「そう。ここからは、会社側の視点に移る。さっきも言ったように、社長は台風の到来をチャンスと捉えて、屋外で試験飛行をしようとした。副社長も一緒だ。準備を整えてさあ発進というときに、副社長が遠くの人影を目に留めた。別荘は塀を設けないことが多いから、多少距離があっても周囲の様子はよくわかる。二軒向こうの別荘から、作業服姿の男が出てきたのを見たんだ。何でもない光景のようだけれど、副社長のセンサーが反応した。おかしいと」

よくわからない。家から人が出てくるのを見て、どうしておかしいと思えるんだろう。まっとうな疑問だと思ったけれど、口にする前に大迫さんが説明してくれた。

「避暑のシーズンは過ぎている。副社長もお盆休み中この別荘に滞在していたから、周囲の様子はある程度わかっている。二軒先の別荘も、家主は本宅に戻っていることを知っていた。不審に思うのも無理はない」

「メンテナンスの業者じゃないんですか?」間違いとわかっていて、あえて彼は言った。「メンテナンス工事なら、家主がいないときに行うのが普通です。その男は、作業服を着ていたんでしょう?」

　空き巣狙いが考えていたとおりの反応をしてみせた。大迫さんはうんうんとうなずく。

「普通ならそうだ。でも、副社長は妙なことに気がついた。通常、別荘地の移動手段は車だ。ましてやメンテナンス業者なら、作業道具を入れた車を敷地まで乗り入れるはずだ。それなのに男は、別荘を出て、てくてくと道を歩きだした。街中みたいに、道沿いに飲料の自動販売機があるわけでもない。しかも風雨の強い中だ。空き家を狙った窃盗犯ではないのか。そう考えて、副社長は社長に、あの男に向かってドローンを飛ばしてみることを進言した」

「気象観測用のドローンをですか」

「そうだ。ドローンは普通のラジコンのように手動操縦することができる。しかもカメラを内蔵しているから、カメラの画像を観ながら操縦できる。ドローンそのものを見ている必要はない。社長と副社長は植え込みに身を隠して、ドローンを飛ばした」

「すごい話ですね」彼が嬉しそうにコメントした。「何の罪もない一般人だったらどうするんですか」

「そこだよ」大迫さんは人差し指を立てた。「もし一般人だったら、びっくりして、後ずさるだろう。まるで山の中で熊に出くわしたように、距離を取ろうとするはずだ。一方、犯罪者だったら、走って逃げるのではないか。副社長はドローンを飛ばすことによって、相手の素性を見極めようとしたんだ。そして結果は出た。男は走って逃げた」

彼が目を細める。先を促した。

「本来は水平飛行する使い方はされないものだけれど、できないわけじゃない。スピードだって、人間が走る速度なんて問題にならない。おまけに強い横風の中でも姿勢を安定させられる。高度三千メートルまで飛ばせるくらいだから、多少遠くまで行っても大丈夫だ。社長はカメラの映像を観ながら、相手にぶつけないように追い立てた。その間に副社長は警察に通報する。男が力尽きて倒れたところに、ちょうどパトカーが現れた」

「ずいぶんと早い到着ですね」

それほど疑問に思っていない声で彼が訊いた。大迫さんは首肯する。

「別荘地は旧軽井沢でね。警察署から車で普通に走っても十分かからない場所だった。緊急車両だから、もっと早く到着する。副社長もパトカーの到着時間については心配していなかったようだ。現れた警察官に、男は最初はしらを切っていた。しかし件の別荘が窓を割られていて、男がガラス切りを持っていたことで観念した。それ自体は住居不法侵入と器物損壊だけで窃盗は含まれない。けれど当然警察は余罪を追及する。旧悪が次々と暴かれて、実刑判決を喰らったんじゃなかったかな」

「空き巣狙いは退場」彼が言った。「ドローンの二人組はどうなったんですか？」

「警察から感謝状をもらったよ。それだけならよくあることだけど、それを地方紙が記事にしたことが状況を変えた。記事を見た人がＳＮＳに情報をアップして、一気に世間に広まった。それ自体はめでたいことなんだけど、社長の思惑から外れるものだった」

「といいますと?」二人だけでやっていて売り上げゼロの会社が注目されるのなら、大迫さんの言うとおり、めでたいことではないか。

「気象関係の企業でなく、防犯関係の企業からアプローチが入り始めたんだ。ドローンを防犯に使えないかと。民間企業だけじゃない。地方自治体や自衛隊からも声がかかった。防災の面からも注目を集めたんだ。台風襲来の最中での手柄だったことが大きかった。もともと火山噴火の中に入ることを目指していたから、あらゆる天災に耐えられるようになっている。災害時の救難に応用しようと考えるのは、当然のことだ」

「なるほど」彼が納得顔になった。「被災地にドローンを飛ばして、被災者を見つけたら自衛隊が助けに行く。救助は時間との勝負ですから、ドローンの数が多ければ、救助の効率が格段に上がります」

「そういうことだよ。社長はアプローチしてきた人たちと面談して、希望を聞いて技術的解決法を考えるのが主な仕事になった。本当は社外対応なんて副社長に任せたかったんだけど、操縦したのは自分だし、感謝状をもらって新聞に名前が出たのも自分だ。自らが出ないと話にならない。技術的なことがわかるのも自分だけだしね。彼はもう、自分一人の楽園で好きな研究に没頭することができなくなってしまった」

「社長としては、微妙なところですね」面白がる口調で彼は言った。「自分が開発したドローンが注目されて、悪い気がするはずがない。新たな技術的課題を出されたら、技術者魂もくすぐられる。でも、当初の目的を歪(ゆが)められるのは困る——そんなところですか。それで、社長はその後どうなったんですか？」

「立場が人を作ったようだ。起業は社会に出るのを嫌がって始めたようなものだったけど、自分のドローンを必要としている人たちと正面から向き合うことによって、心境が変化したんだな。事業として本気で取り組み始めた。そうなると社長と副社長の二人だけではとても回せなくなって、募集をかけて社員を増やした。彼らを率いて防犯用や防災用のドローンを開発して納入していくうちに、会社はどんどん大きくなっていった。相当な苦労があったみたいだけど、今や成長株の新興企業として、日本ばかりか世界から注目を集める存在になっているよ」

「それはよかった。でも、社長のお父さんは困ったでしょうね。社会勉強のつもりで起業を認めたら、大成功しちゃったんですから。今さら会社を人手に渡して後を継げとも言いづらい」

ははは、と大迫さんが笑う。

「子供は親の期待どおりにはならない。どこの家庭でも一緒だよ。その家の場合、多少スケールが大きいだけで」

「そうですね」彼は相づちを打って、日本酒を飲んだ。

「作戦失敗ですね」

個室は静まりかえった。

大迫さんもわたしも、彼の発言の意味がわからず固まっていた。彼一人だけがつぼ鯛をつつき、日本酒を飲んでいた。

「……どういうことだい？」

ようやく大迫さんが沈黙を破った。

「どうもこうも」彼が箸の動きを止める。「社長は事業を成功させ、おそらくはもう父親の会社を継ぐことはない。とても残念だ。そういうことですよ」

それは、さっき聞いた。わたしは唇を尖らせた。

「第一、作戦ってなんですか。空き巣狙いを捕まえた一件に、父親は関係していませんよ」

「そうだね。感謝状をもらった事件については、登場人物は三人しかいない。社長と副社長、それから空き巣狙い。父親は登場していない。それは事実だ」

あっさり肯定した。肯定はしたけれど、納得はしていない顔。難しい表情のまま、彼は話を続けた。

「季節外れの別荘地を狙った空き巣。まさかそのうちの一軒がベンチャー企業の技術開発拠点だなんて考えない。仮に知っていたとしても、台風がやってきて雨風が強いのに、戸外で作業するとは思わない。空き巣狙いが社長たちに気づかずに獲物を物色するのは、不自然じゃない」

不自然じゃないと口で言いながら、表情はさらに厳しくなった。

「作業服を着ているのに、車を横付けにするでもなく徒歩で家を離れる人影。それだけで不審を抱いた副社長の眼力は、たいしたものだ。手持ちのドローンを使って逮捕に協力できないか。そう考えるのも変じゃない。実際、犯人逮捕に協力して感謝状をもらうなんて話は、よく聞くからね。この件と同じように、地方局のニュースによく出てくる。警察だって、民間人が危険を冒して犯罪者に立ち向かったというのは具合が悪い。ドローンを使って身の安全を確保したうえでの協力だから、称賛しやすかった」

何もおかしくないではないか。わたしが文句を言おうとしたとき、彼が話を続けた。

「犯人側の事情。社長側の事情。警察側の事情。すべてうまく嚙み合って、民間人による捕り物劇が完成した。それが呼び水となって、社長の事業も成功した。綺麗なストーリーとして、実に見事に仕上がっている」

「……………」

わたしは文句を飲み込んだ。彼がこれほど強調する以上、何か裏がある。

「確かに、綺麗なストーリーだ」

大迫さんがわたしの代わりに発言してくれた。「見落としがなければ。そう言いたいんだね」

彼は小さく首肯した。

「はい。僕が気になったのは、副社長の証言です。別荘から出てきた男は犯罪者臭い。しかし現段階では怪しいに留まっている。だからドローンを近づけることにした。一般人ならそっと距離を取るだろう。しかし後ろめたいところがある犯罪者なら、逃げ出すはずだ。それを判断材料にすることにした。そして男は逃げ出し、犯罪者確定。事実がそうだから、長野県警も特に疑問に思うことはありませんでした」

警察ではなくわざわざ長野県警と言ったのは、大迫さんが警視庁に勤務しているからだろうか。警視庁はいわば東京都警だから、長野県警が何か見落としをしていても、大迫さんには関係ない。

「僕は当事者じゃありません。だから無責任に事実を後追いして考えることができます。事件の流れを追っているうちに、副社長の考えに引っかかったのです。ドローンを飛ばして、その反応で犯罪者か否かを判断しようとした時点で、副社長はその男がほぼ犯罪者に間違いないと考えていたと想像できます」

「まあ、そうだろうな」

大迫さんが同意した。わたしもだ。彼は自分にするようにひとつうなずくと、話を進めた。

「副社長は男が犯罪者だと考えていた」彼は一言ずつ、ゆっくりと言った。「じゃあ、なぜ犯罪者は逃げるとしか考えなかったのでしょうか」

大迫さんがまた固まった。

「……というと？」

「相手は犯罪者ですよ」彼は困ったように答える。「大迫さんに犯罪者について講義するつもりはありません。もちろん犯罪者にはさまざまなタイプがいるでしょうけど、僕たち一般人の感覚からすれば、犯罪者は暴力的です。だって、一般人に損害を与えるのが犯罪者なのですから。最もわかりやすい損害が、暴力です。それなのに副社長は、男がドローンを攻撃してくる可能性に言及していません」

大迫さんは黙った。数秒の間を空けて、返事をする。

「とっさのことで、そこまで思いつかなかった――その考えは不自然だと言いたいんだね」

「はい」彼は簡単に答える。「とっさのことなら、逃げるよりむしろ攻撃してくる可能性を考えるでしょうから」

「ちょっと待ってください」わたしが割って入った。「おっしゃることは筋が通っていると思います。でも、それが本当なら、副社長は社長に対して、意図的に攻撃の可能性を伝えなかったことになりませんか」

「そうだよ」

あまりにあっさりと同意されて、わたしは次の言葉が出てこなかった。彼はわたしの目をじっと見つめてきた。「どうしてだと思う?」

正面から問われて、慌てて答を探した。

「えっと、大切なドローンを攻撃されるかもしれないと思ったら、社長はドローンを動かさないからですか?」

彼は微笑んだ。「半分、正解」

「半分ですか」

残り半分は何ですか——そう訊いたら、彼は申し訳なさそうな顔をした。その表情のまま、大迫さんに向き直る。

「それを考える前に、はっきりさせておきたいことがあります。大迫さんに伺いたいのですが」

「なんだい?」

「副社長は、女性ではないですか?」

大迫さんが一瞬黙った。「そうだよ。どうしてわかった?」

「別荘にいたからです」

意味不明な説明だった。副社長が企業の開発拠点に行くのは当然ではないか。わたしがそう指摘すると、彼は一度うなずいて、続いて首を振った。

「普段なら、それでいい。でも、副社長はお盆休み中も別荘に滞在していた。そこで周辺の別荘についてもある程度わかるようになったから、空き巣狙いが出てきた別荘も、事件当時は家主がいないことを知っていた。これが、お盆休み返上で仕事をしていたというなら、わかるんだ。でも大迫さんは、お盆休み中と言った。つまり休日だ。副社長は休日に社長の別荘に滞在していたことになる。お盆休みだから、数日間はあるだろう。その間、二人は一緒に暮らしていたといえる」

大迫さんがため息をついた。

「二人は、恋愛関係にあったということか……」

「副社長は、社長の大学の先輩ということでした」大迫さんが正解を述べたからか、彼は嬉しそうな顔をした。「旧知の仲ですから、相手のことはわかっている。いくら失業中でも、嫌な奴だったり侮っていた奴だったりしたら、誘いに乗らないでしょう。一緒に仕事をしてもいいと思える程度にはウマが合って、しかも協力する価値があると思う程度には能力があった。しかも、自分が面倒を見ないとどうしようもない。そんな相手と一緒にいるのですから、そういう仲になっても不思議はありません」

「社内恋愛だな」大迫さんがコメントした。「誕生間もないベンチャー企業なら、珍しくもないだろう。公私混同と責められるようなことでもない。それが、事件にどう関係するんだい？」

彼はまた申し訳なさそうな顔をした。

「ここからはかなり想像が入るんですが、副社長は、会社の将来について本気で心配していたんじゃないかと思うんです」

「売り上げゼロだからですか？」

わたしの問いに、彼は今度はすぐに首を振った。

「独自技術でのし上がっていこうという新興企業なら、最初はそんなものだ。でも、大迫さんの話で気になるところがあった。売り上げゼロの間、副社長は社長の工夫から特許のネタを拾い上げて申請手続きをしたということだった」

「確かに、そう言ったね」

彼の意図を測りかねる口調で、大迫さんが言った。彼はうなずく。

「特許のネタを拾い上げて。これは、社長が他社を圧倒するような技術を持っていなかったことを意味します。だからこそ、副社長はなんとか特許を取れそうな部分を見つけだして、少しでも競争を優位に進めようとした。でも、その程度の技術力で勝ち残れるとは思えない。将来を心配しても不思議はないでしょう」

それはそうだ。わたしはまだ学生だけれど、自分の会社に優位性がないとわかったら、不安になることは容易に想像できる。

「将来性のない会社に見切りをつけて転職するという選択肢もあったでしょう。でも自分は社長と恋仲になってしまった。見捨てられない。それに、恋愛と同じかそれ以上に重要な要素があった。社長は、企業経営者の跡取りだということ。今の会社をたたんで父親の後を継げば、将来は安定している。副社長は会社を存続させるより、潰した方がいいと考えました。社長にとっても、自分にとっても」

なんて打算的な女性なのか——そう反発しかけたけれど、安定のために公務員を目指している自分のことを考えると、副社長を責めるのは筋違いだということもわかっていた。だから何も言わず、彼の話を聞いていた。

「同じことを考えた人が、もう一人います。社長の父親です。息子に起業させたけれど、まったく業績を残していない。しかも企業経営の勘所である面倒くさい部分は、副社長に任せきり。これはまずい。早く軌道修正させないと大変なことになる。そう考えたことは、想像に難くありません。ここに、同じ危機感を共有する者同士の同盟が誕生しました。父親と副社長がどの程度緊密に連絡を取り合ったかはわかりませんが、自然な形で会社を潰すことを狙ったのでしょう。ただ、父親は表立って動けません。反発を喰らうと、後を継いでもらえないからです。ですから副社長がなんとかするしかありません。そんなときに、空き巣狙いが登場したのです」

「副社長は、空き巣狙いがドローンを攻撃する可能性に言及しなかった……」

「もし、空き巣狙いがドローンに攻撃してきたら、どうなっただろうね」

彼がまたわたしを見た。急いで答を探す。

「攻撃の結果にもよると思います。一撃でドローンを破壊するか、そうでないか。犯人は空身（からみ）だったようです。バールのようなものでも持っていないかぎり、空を飛ぶドローンを破壊するのは難しそうです」

「最初の攻撃はかわせた」彼が後を引き取った。「無事だったとはいえ、虎の子のドローンを襲われたんだ。社長はどう思うだろうね」

「怒るでしょうね。技術者として純粋であればあるほど、大切なものを傷つけられかけた怒りは大きいと思います」

　彼の目が光った。

「その怒りの対象は、ドローンの前にいる。一方、自分自身は遠く離れている。社長は、どうすると思う?」

　頭の中を電気が走ったような気がした。彼の言いたいことがわかったのだ。

「ドローンに、空き巣狙いを攻撃させる……」

「そういうこと」彼が会心の笑みを浮かべた。「副社長の狙いは、社長にドローンで空き巣狙いを攻撃させることだったんだよ。最初に攻撃の可能性に言及しなかった理由の半分が、それだ。いきなり攻撃された方が、社長の反撃を招きやすいから」

「ドローン自体が攻撃のための武器を持っているわけじゃありません」わたしは続ける。「反撃するとすれば、ドローンで体当たりすることですか。六十センチ四方の機体がぶつかるダメージも大きそうですけど、高速回転するプロペラの方が危険そうです」

「そう思う」彼も賛同してくれた。「社長が反撃して、空き巣狙いにダメージを与えたとしよう。駆けつけた警察は、社長を褒めてくれるだろうか」

彼は大迫さんを見た。「どうですか?」

「褒めはしないだろうな」

大迫さんが答える。「怪我をさせたんだ。先に攻撃してきたのが空き巣狙いだとはいえ、正当防衛が適用されるかどうかも、難しいところだ。とはいえ状況を総合的に鑑みて、厳重注意くらいで収めそうな気がする」

「その際、警察は社長にどう言うでしょうね」

「相手を怪我させるようなドローン製造など、まかりならん――そんなところか」

彼が笑った。

「そうだと思います。警察が言わなければ、父親が言うでしょう。社長からすれば、犯罪者相手とはいえ怪我をさせたのは自分がやったことです。副社長にそそのかされたとも思わない。ドローン事業を諦めて、父親の会社に就職する。そんな結末を迎えるのが、副社長と父親の思惑でした。僕が、二人が結託していたと考える理由も、ここにあります。副社長の立場からすると、会社を潰した後で父親が息子を拾ってくれなければ、路頭に迷ってしまいます。父親が息子を後釜に据えると確約していたからこそ、副社長は自信を持ってパートナーを罠にはめることができたんです」

「でも、結果は違った」

「そうです。空き巣狙いがどれだけ臆病者だったかは知りませんが、攻撃ではなく逃亡を選択しました。しかも、勝手に転んで捕まってしまった。これでは、社長に事業を諦めさせることはできません。しかも、この一件をきっかけにして、会社が成功してしまった」

彼は楽しそうだ。

「会社が成功してしまうと、同盟関係が崩れた。父親は息子に後を継いでほしかった。一方副社長は、会社が成功してしまえば、父親の会社はどうでもいい。副社長は本来の自分の業務に立ち戻って、社長と共に会社を成長させた。父親は一人負け。だから作戦失敗と言ったんです」

彼の話は終わった。彼は言うべきことは言ったとばかりに、炉端焼きの攻略を再開した。

わたしはといえば、何も言えなかった。大迫さんが紹介してくれた、志なき起業。ちょっとした偶然から成功したとはいえ、やはり起業は大変だとわたしに教えようとしたのだろう。公務員を目指すわたしは、間違っていないと言うために。

しかし彼は、その上を行っていた。起業は、身内から裏切られかねないリスクを背負うことだと、事件の謎を解くことで教えてくれたのだ。しかも、父親と恋人という、最も近い存在から。

大迫さんが、またため息をついた。

「今さら、副社長に事情を聞いても無駄なんだろうな」

「そうですね」彼は簡単に答えた。「本当のことを言うわけがありませんし、成功にケチをつけることもないでしょう」

彼は日本酒を飲み干して、盃を置いた。

「聖子ちゃんの公務員志望が変わるわけでもありませんし」

猫と小鳥

オートバイで走るのは気持ちがいい。

たとえ小排気量でも、住宅街を制限速度でのんびり走っていてもだ。加えていえば、買い物帰りでも。

家に帰り着いた。門扉を開けてオートバイを中に入れる。軒下（のきした）に停めて、後部の荷台にくくり付けた戦利品を下ろす。

キャットフードだ。ホームセンターで特売していたから、箱ごと買ってきた。嵩張（かさば）るし、かなり重量がある。徒歩や自転車だと、持って帰るのが大変だ。オートバイがあってよかった。

玄関を入り、靴入れの上にヘルメットを置く。キャットフードを持ったまま廊下を進み、リビングダイニングキッチンに入った。

リビングルームの中を見回す。ソファにミントとセージ。ラグマットの上にローズマリー、キャラウェイ、クミン。隅の段ボール箱の中にクローブ。籐（とう）の籠にアニス。よしよし。全員大人しくしてるな。

「ただいま」

エプロン姿の妻に声をかける。振り向いた彼女の顔が明るくなった。「お帰りなさい」

キャットフードの入った箱を顔の高さに上げる。「買ってきたよ」

「ありがと」

キャットフードを猫用食料庫にしまう。洗面台で手を洗って戻ってくると、妻がコーヒーを淹れてくれた。猫の邪魔をしないようにソファに座る。

コーヒーをひと口飲んで、ほっと息をつく。

妻とたくさんの猫に囲まれた暮らし。途方に暮れていた一年前は、こんな安らかな気持ちになるなんて、想像もできなかった。そのきっかけになったのは、オートバイなのだ。

定年後の趣味としてはどうかと思ったけれど、オートバイを始めて本当によかった。

＊＊＊

待ち合わせ場所はいつも、新宿にある書店の雑誌売り場だ。

わたしは雑誌を買う習慣がないから、待っている間、書店に申し訳ない気持ちになる。けれど今日は違う。雑誌売り場を一瞥して待ち合わせ相手がまだ来ていないのを確認すると、お目当てのコーナーに移動した。音楽雑誌のコーナーだ。

売り場には、幾種類もの雑誌が並んでいた。雑誌名では何のジャンルなのかよくわからないけれど、表紙の写真で大体わかる。

そのうちの一冊、ピアノの写真が載っている雑誌に手を伸ばそうとしたら、声がかかった。慌てて手を引っ込める。振り向くと、大迫さんが立っていた。

「お疲れさま」

「お疲れさまです」

ぺこりとお辞儀する。

大迫さんが書架を眺めて言った。「珍しいところにいるね」

「ええ、まあ」

つい、曖昧な返事をしてしまう。大迫さんは気にしたふうもなく、親指で背後を指し示した。

「彼は、レジにいるよ」

レジの方を見やると、彼が代金を支払っているところだった。買った本を受け取って、通勤鞄に入れていた。

レジから離れて、こちらを見る。柔らかく微笑んでくれた。「やあ」

「お疲れさまです」

あらためてそう言って、三人で書店を出た。

「今日は、どこに行こうか」

言いながら、大迫さんがわたしを見た。食べたいものを言っていいよ、というメッセージだ。前もって答を用意していなかったけれど、口が勝手に動いた。

「ヨーロッパはどうでしょうか」

言ってしまった後で、これでは広すぎると後悔した。しかし大迫さんは腕組みをして数秒宙を睨むと、携帯電話を取り出した。

「ドイツ料理なら、心当たりがある」

携帯電話で目当ての店に電話して、予約を取ってくれた。

「ここからだと少し歩くけど、いいかな」

もちろん異存はない。新宿駅の東口から南口の方に移動して、ドイツ料理店の前に立った。

「ドイツ料理店だから当たり前なんだけど、ビールとソーセージのおいしい店だよ」

そう言いながら、大迫さんが扉を開けた。店員さんに名前を告げると、奥の個室に案内された。大迫さんは警視庁の幹部だから、会食の際に他聞を憚(はばか)る話をすることも多いという。だから個室のある店をたくさん知っているのだ。

まずは定番ということで、黒ビールとソーセージの盛り合わせを注文する。すぐにビールが運ばれてきた。大振りな陶製のジョッキだ。持つと、ずっしりと重い。

「じゃあ、あらためてお疲れさま」

ジョッキを触れ合わせる。一気に飲まずに、まず少しだけ口に含んだ。黒ビールは飲んだことがない。色にふさわしい焦げたような香りがあるけれど、苦すぎることもなく、重すぎることもない。するりと喉を通り抜けていった。これは、おいしい。

顔に出ていたのだろう。大迫さんがにっこりと笑った。「気に入ってもらって、何よりだ」

この人たちを相手に気取っても仕方がない。さらにひと口飲んで、唇に付いた泡を舌で舐(な)め取った。「おいしいです」

大学生女子のわたし——玉城聖子と、警視庁幹部の大迫さん、そして会社員の彼。一見不思議な取り合わせで飲みに来ているのには、事情がある。

それは、二十年前に発生したハイジャック事件だ。赤ん坊だったわたしは、犯人に抱えられてナイフを突きつけられていたらしい。そのとき大迫さんは空港警備に携わっており、彼はわたしと同じく旅客機の中で人質になっていた。そしてわたしを解放するために、犯人と必死の交渉をしていたというのだ。

それぞれ違った形でハイジャック事件と関わり合った三人が、ひょんなことから再会し、二十年の時を経て酒を酌み交わす。不思議な縁だと思う。

「それにしても」彼がジョッキを置いた。「聖子ちゃんはヨーロッパとしか言いませんでした。フランスでもイタリアでもなく、どうしてドイツを選んだんですか?」

そういえばそうだ。ドイツには申し訳ないけれど、ヨーロッパで料理といえば、普通はフランス料理やイタリア料理が浮かぶ。

「ああ、それね」大迫さんがわたしを見た。「聖子ちゃんが、音楽雑誌を見てたからだな」

彼が瞬きした。「音楽雑誌といっても、色々ありますが」

「手を伸ばしたのが、ピアノ関連の雑誌だったのが見えたんだ。ピアノとヨーロッパといえば、恥ずかしながらバッハとベートーベンしか浮かばなくてね。だからドイツ料理の店にしたんだ」

そこまで見られていたのか。さすがは警察官。

　わたしもジョッキを置いた。

「そうなんです。友だちの妹ちゃんがピアノを習い始めたときに、初心者向けの電子ピアノを買ったんだそうです。上達したからもっと本格的な電子ピアノに買い換えようと思ったけれど、今あるものにも愛着が湧いていて、売るのも惜しい。そう聞いたわたしが手を挙げたんです」

　大迫さんと彼が「ほほう」という顔をした。この二人にこれ以上の説明は不要だと思うけれど、一応話を続ける。

「わたしはあんな家庭環境でしたから、習い事の類（たぐい）はまったくできませんでした。友だちがピアノを習っていると聞くと、やっぱりうらやましい気持ちはあったんです。そこで、もらうわけでも買い取るわけでもなく、古い電子ピアノの置き場所を提供する形で、うちにピアノがやってきたんです」

「二十歳の手習いか」大迫さんが温かな口調でコメントした。わたしはうなずく。

「はい。教本を古本で買ったり、ネットで教えている映像を検索したりして、ちょっとずつ触ってます。この歳から始めるわけですから、簡単に上達はしないと思いますが」

「いいんじゃないかな」彼が優しく言った。「別にピアニストになるわけじゃない。楽しければいいと思うよ。実際、野球経験がなくても、会社に入ってから草野球を始める奴は、大勢いる」

「そのとおり」大迫さんもうなずいてくれた。「趣味なんだから、何歳から始めてもいい。むしろ、大人になってからの方が、親に無理やりやらされている感がなくて、かえって楽しいと思うよ」

そこまで言った大迫さんが、何かを思い出したように宙を睨んだ。「そういえば……」

「どうしました？」彼が期待を込めて尋ねる。大迫さんはすっかり記憶を呼び覚ましたようで、自分に対してするようにうなずいた。

「歳を取ってから始める趣味ということで、以前聞いた話を思い出したんだ」

説明しながらも、大迫さんの表情は冴えない。

「でも、あまりいい話じゃないんだ。聖子ちゃんに聞かせるのはどうかという気もする」

そこまで言われて聞かないわけにはいかない。我ながら芝居がかった仕草で身を乗り出した。

「どんな話ですか？」

大迫さんが苦笑した。

「定年後に始めた趣味の話だよ。その趣味が人生を変えたって話だ」

ノックの音がして、店員さんがソーセージの盛り合わせを持ってきてくれた。


「私は合気道をやっていてね」

わたしたちにソーセージを勧めながら、大迫さんは話し始めた。

「警察官が多く通っている道場なんだけど、そこで交番勤務の仲間から聞いた話だ」

話を聞きながら、ソーセージを嚙る。チョリソーだ。チョリソーが正統なドイツソーセージかどうかは知らないけれど、パリッとした皮の歯ごたえと、辛みを伴った肉汁は素晴らしい。

「その警察官の管轄している地域に、初老の男性が住んでいた。関わったのは、その人物が定年退職して、わりとすぐの頃だった。数年前に奥さんと離婚していて、子供もいない。一軒家に一人で暮らしていた人物だ」

話の流れからして、その初老の男性が何かの趣味を始めたのだろう。口を挟まず、黙って続きを待った。

「就職と同時に東京に出てきたから、会社の外には友人がいない。今まで仕事に打ち込んできて、趣味らしい趣味もない。正社員としてそれなりの給料をもらっていて、浪費癖もなかったから、再就職しなくても経済的な心配はない。わかりやすくいえば、一人きりでやることもなく、ただ毎日を過ごすという状況になったわけだ」

年上のことはわからない。ましてや、定年退職後の男性の心境など、想像もできない。ただ、わたしがその立場に置かれたら、暇すぎておかしくなりそうだ。

大迫さんもソーセージを囓った。

「その男性も、危機感を抱いたようだ。こんな刺激のない日々を送っていたら、認知症まっしぐらだ。何か、打ち込めることを見つけようと考えた。何をしようかと考えていたときに、たまたま点けたテレビで、バイクでツーリングする番組をやっていた。これだと思ったらしい」

「そういえば」彼も宙を睨んだ。「最近はバイクのユーザーも高齢化していると聞いたことがあります。時間が自由になって経済的にゆとりができた高齢者が、若い頃に乗っていたバイクにまた乗り始めるというパターンですか」

大迫さんは首を一度縦に、続いて横に振った。

「そのパターンが多いのは本当だけど、今回は違ってね。バイクに乗った経験はなくて、まさしく一から始めたんだそうだ。君はバイクの免許は持ってるかい？」

彼が懐かしそうな顔をした。

「中免を持ってます。ご多分に漏れず、大学の頃に乗っていました。就職と同時に手放して、それ以来乗っていませんが」

まさしく、彼自身が語ったルートを通っているわけだ。

大迫さんも深くうなずいた。ひょっとしたら、自分も同じ経験をしているのかもしれない。

「なら大体わかるだろう。その男性は小型二輪の免許を取った。最近はバイクにもオートマ専用の免許があって、小型のオートマ限定なら、教習所に三日も通えば取れる。始めるハードルは高くない」

「バイクにも、オートマとかマニュアルとかがあるんですか？」

わたしが訊くと、大迫さんは簡単に首肯した。「あるよ。スクーターなんかは、オートマだ。クラッチレバーが付いていなければ、オートマとして扱われる」

そういえばそうだ。原付免許すら持っていない身では、想像できなかった。

「どんなバイクを買ったんですか？」

昔乗っていたということで、興味があるのだろう。彼が尋ねた。大迫さんはよどみなく答える。

「話してくれた警察官の話では、百十ccの小型バイクだったそうだ。いわゆる原付二種だな。未舗装路の走行を意識した設計で、シートの後部には大きめの荷物が積載できるキャリアが付いている」

　わたしにはさっぱりわからないけれど、彼は想像できたようだ。

「アウトドアに使えるバイクということですね。キャンプ道具をくくり付けて、ソロキャンプに行けそうな」

　大迫さんは微笑んだ。

「ずばり、そんな使い方を想像していたということだ。キャンプ道具も買い揃えて、何回かは実際にキャンプに行ったそうだよ」

「いいじゃありませんか。定年後なら平日が使えるから、混雑を避けて出掛けることができますし」

　彼が楽しそうにコメントした。自分も定年退職したら、同じことをしたいと思っているのかもしれない。まあ彼の場合は、どこに行くにも奥さんと一緒なのだろうけれど。

　やはりその人物に共感していたらしい大迫さんが、表情を戻した。

「いい趣味ができてめでたしめでたしなんだけど、人間社会に生きている以上、いいことばかりではない。その人物も、バイクに乗り始めてしばらくしてから、思いもよらない事態に遭遇した。猫だ」

「猫？」

　思わず訊き返してしまった。唐突に違う話題が出たように感じたからだ。しかし大迫さんは当たり前のようにうなずく。

「そう。バイクの上に、猫が乗っかるようになったんだ。普段乗らないときには、バイクに銀色のカバーを掛けていた。たまたまだろうけれど、その上に乗ると暖かいことに、猫が気づいたらしい。バイクを買う前は敷地に猫が入り込むことなんてなかったのに、頻繁に見かけるようになった」

　説明を聞いて、絵が浮かんだ。真夏の炎天下はともかく、ありそうな光景だ。

「もちろん近づいたら逃げるんだけど、隙を見せるとやってくる。別に猫の居場所を提供するためにバイクを買ったわけじゃない。乗られただけでカバーは汚れるし、粗相をされたら大変だ。でも、猫が来なくなるような対策は、なかなか難しい」

「そうでしょうね」彼も想像したのか、渋い顔をした。「あまり厳重に近づけないようにすると、こっちも使いにくくなる。専用のガレージを作るには結構なお金がかかるし、自分が悪いわけでもないのに余計な出費をしたくない。でもまさか、毒餌（どくえ）を撒くわけにもいかない。難しいところです」

　彼がコメントしている間に、大迫さんが黒ビールを飲んだ。

「そうなんだ。その人物も困っていたら、意外な光景を目にした。散歩の途中で、見覚えのある猫を見かけたんだ。間違いなく、バイクの上に乗っかる猫だ。なんだあいつ、ここら辺りもテリトリーなのかと思っていたら、ひょいとアパートの一室に入っていった。防犯のためだろうな、そのアパートは一階の窓に格子が入っていてね。その窓が少しだけ開いていて、猫は格子の隙間をくぐり抜けて、窓から部屋の中に入り込んだんだ」

「なるほど」絵が浮かんだ。「格子があると人間は入れませんが、猫なら入れます。その部屋の住人は、猫が入れるくらいだけ窓を開けていたわけですね」

「そういうことだよ。男性は猫の飼い主を見つけたと確信したけれど、いきなり文句を言いには行かなかった。証拠がないと、ただの言いがかりだからね。数日間バイクに猫が乗る度に写真に撮り、日によっては動画も撮って、時間を記録して、物的証拠を集めた。そんなことをしているうちに、とうとう猫が決定的な行為をしてしまった。たまたまカバーを掛けていなかった日に、猫がシートに粗相をしたんだ」

「うわあ」彼が男性に代わって声を上げた。「それはそれは」

「さすがに男性も怒り心頭に発してね。飼い主に抗議してやると決心した。ただ、相手がどんな人間かわからない以上、単身乗り込むのはリスクがあると考えた。そこで交番に行って警察官に事情を話して、一緒に行ってもらうことにした。応対したのが、私の合気道仲間だったわけだ」

「警察官も大変ですね」同情なのか憐憫(れんびん)なのかわからない口調で、彼がコメントする。大迫さんも苦笑した。

「その手の苦情はよく来るよ。それはともかく、男性は証拠写真を警察官に見せながら被害を訴えた。すると警察官は、驚くこともなくつぶやいた。『ああ、あの家ですか』と」

「そんなに有名人だったんですか」

「そういうことだな。意外な反応に男性は驚いたけれど、自分が迷惑を被っている以上、他にも被害者がいてもおかしくないと思い直した。被害者が多いのなら警察も親身になって動いてくれると思ったんだな。猫が入り込んだアパートの場所を告げて、一緒に行ってくれるよう頼んだ。警察官の反応は熱のないものだったけれど、一緒に行ってくれることになった。歩いて十分程度の場所にあるし、パトカーで行くほど仰々しくする必要もない。男性と警察官は徒歩でアパートに向かった」

男性にとってあまりいい展開ではなさそうだと思っていたら、案の定、大迫さんは渋い顔で話を続けた。

「警察官がノックすると、少しの間を置いて、女性が顔を出した。四十歳くらいの女性だ。警察官の顔を知っているらしく、驚くこともなく会釈した。警察官が男性を指し示し、猫から被害を受けたことを説明した。すると女性は表情を変えることなく『知りません』と答えた」

それはカチンとくる。

「さすがに男性はムッとして、うちに入り込んだ猫がこの家に入ったのを見たんだと力説した。しかし女性は眉ひとつ動かすことなく答えた。『その猫なら、うちにも侵入するんですよ。換気のために窓を開けたら入り込んで、困ってるんです』というふうに。堂々と返されて、男性は鼻白んだ」

「うまいですね」彼が論評した。「見え見えの嘘に聞こえますが、反論するのは難しそうです。部屋の中にキャットフードや皿があれば言い逃れできませんけど、部屋の中を検分するのは、実質的に無理でしょうね」

「そのとおりだ。部屋の中を見るためには、裁判所が発行した捜索令状が必要になる。発行するためには、女性が主張する、猫が女性の部屋に勝手に入り込むという主張を崩す必要がある。ただそれは、君が指摘したように、相当に難しい。男性が見たのは、猫が窓から入る光景だけだ。女性が呼んだわけじゃない。抱っこしたり餌をあげたところを見たわけでもない。自分と同じ被害者だということを否定できないんだ。結局返答に詰まって、すごすごと引き下がることになった」

それはさぞ悔しいことだろう。

「帰り道に、警察官が話してくれた。男性のような被害を訴えた人はいないけれど、同じアパートの住人が幾度も苦情を寄せているらしい。そのアパートは、ペット禁止なんだな。他の住人が禁止事項を破っていることも気にくわないし、猫だから小鳥やネズミを殺して放置したりする。スズメの首だけが玄関先に置かれたりしたら、それは困るだろう。けれど女性は『自分も被害者だ』の一点張り。余計なことを言わないから、否定するのはさらに難しくなる。誰も文句以上のことを言えないまま、女性は逃げ切るかに見えた」

来た。起承転結の「転」だ。思わず肩に力が入る。

「被害が補償されないのはともかく、飼い主が処罰されないと知って、男性は悶々(もんもん)としていた。けれど解決策があるわけではない。憂さ晴らしに、バイクツーリングの機会はますます増えた。そしてある日の夕刻、ツーリングから帰宅途中に、転機となる事件が起きた。件のアパートにほど近い道で、いきなり道路に飛び出す影があったんだ。男性は急ブレーキをかけ、大きくバランスを崩しながらも、なんとか転倒せずに済んだ。飛び出した人影を見ると、あの中年女性だった。

しかも、猫を抱いている」

「動かぬ証拠じゃありませんか」

わたしが指摘すると、大迫さんは困った顔になった。

「男性もそう思った。しかし責め立てることはできなかった。なぜなら、女性が抱いている猫が、ぐったりしていたからだ。眠いとかではなく、明らかに体調を崩している。それも、重症に見えた。いくら大切にしているバイクを汚した相手とはいえ、目の前で苦しそうにしていたら、死んでしまえばいいとは考えられない。女性に事情を訊くと、猫の様子がおかしいから動物病院に行くという。しかしケージに入れてないと、タクシーには乗れないだろう。女性にヘルメットを持っているかと尋ねたら、持っていると答えた。すぐに持ってこさせて、バイクの後部座席に乗せた。そして動物病院に連れて行った」

大迫さんが黒ビールを飲み干した。みんなジョッキが空になっていることを確認して、今度はピルスナータイプのビールを注文した。牛肉の赤ワイン煮も追加する。

「連れて行ったはいいけれど、バイクで連れてきた以上、一人で帰るわけにもいかない。男性は女性と共に処置を待つことになった。その間に、女性から事情を聞くことができた。やはり女性の飼い猫で、捨てられていた子猫を拾ったら情が移って、こっそり飼い続けていたらしい。アパートがペット禁止なのは知っているから、被害者を装ったということだった」

やっぱり嘘をついていたのか。警察官を相手にぬけぬけと嘘をついたのだから、たいした度胸だ。わたしなどは内心憤慨したのだけれど、彼は違うことを考えていたようだ。

「それで、その猫はどうなったんですか?」

「処置が早かったことが幸いして、猫はしばらくして元気を取り戻した。獣医師の診断では、タマネギ中毒ということだった。女性に確認すると、食べさせたことはないという。しかし今まで説明してきたように、女性は猫を放し飼いにしている。タマネギ中毒は、食べてすぐに症状が出るものではない。ゴミ捨て場でハンバーグを食べて、帰ってきてから中毒を起こすこともある。猫の安全を考えるのなら、室内で飼うことを獣医師に勧められた」

「ペット禁止なのに」

「そんなことは、獣医師には関係ないからね。単純に猫のためにはそうした方がいいと言うだけだ」

「それもそうだ」

ビールが運ばれてきた。今度は飲み慣れた、普通のビールだ。ひと口飲んでみる。本場ドイツのビールというからどんなものかと思ったら、飲みやすくてするりと喉を通っていった。これはこれでおいしい。

「ともかく、男性の助けによって愛猫が助かったわけだ。猫のことで文句を言いに来た人が助けてくれたわけだから、女性はいたく感謝した。男性の方も、気に入らない人物と猫だったわけだけれど、自らが助けてしまったら、再び嫌いになるのは難しい。それに身構えていたときの硬い表情とは違い、猫が助かった安堵のためか、とてもいい表情をしている。これから猫を室内で飼うのであれば、自分のバイクが汚されることもなくなる。敵対する理由がないんだ。最初は女性がお礼に訪ねてきたらしいんだけど、それから二人は頻繁に会うようになった。女性はスクーターを持っていたから、近場にツーリングに行ったりもしたようだ」

「今までのお話から察するに、女性は独身だったわけですね」

彼もビールを飲んで言った。大迫さんがうなずく。

「そうだ。男性も奥さんと離婚している。交際するのに障害はない。一年ほどして二人は結婚して、女性は男性の家に移り住んだ。男性も、自分の家に猫が住むことを承諾したんだな。もっとも、予想外のこともあったけど」

「何です?」

「猫は一匹では済まなかったということだ。結婚後も奥さんとなった女性が他所からもらってきたりした。男性もそれを積極的に認めたものだから、今は総勢七匹いるそうだ」

「めでたしめでたしじゃありませんか」彼が探るような目をした。「定年退職後に始めた趣味がきっかけになって、新しい奥さんを見つけられた。大迫さんは、いい話ではないとおっしゃいました。裏があるんですか?」

「あるかもしれない、というところだな」

大迫さんにしては曖昧な答え方をした。ビールを飲む。

「今までの話は、合気道仲間の警察官が、男性本人から聞いた話だ。非番の日にホームセンターに行ったら、男性とばったり会ったんだ。お互い相手のことを憶えていたから挨拶したら驚いた。男性がキャットフードを持っていたんだ。猫の被害で交番に相談に来たのに。立ち話で事情を訊いたら、女性との再会と結婚について話してくれたそうだ」

「のろけですね」彼が毒のない口調でコメントする。六十過ぎの男性が、新婚さんみたいにのろける。若輩者が言うにはおこがましいけれど、なんだかほのぼのする。ますますいい話ではないか。

しかし大迫さんの表情は冴えない。

「そう見えるんだけどね。警察官の感想は違った。男性は女性に騙(だま)されているんじゃないかと疑ったんだ」

「どうしてですか?」

いくら人間を疑うのが警察官の仕事とはいえ、考えすぎではないのか。わたしがそう言い添えると、大迫さんは苦笑した。

「女性の立場に立って考えてみたんだ。女性自身が認めているように、アパートで禁止されているのを承知の上で、ペットを飼っている。それがばれてしまったわけだ。しかもばれた相手が、飼い猫によって損害を被った人間だ。普通は『まずい』と思うだろう」

「思いますね」

「男性が自分のことを快く思っていないのはわかっている。大家に連絡されて、アパートを追い出される心配だってある。女性としては、何とかして男性を口止めする必要があるわけだ。ただ、望みはあった。文句を言いに来るくらいなのに、こちらが困っていたら助けてくれた。お人好(よ)しなのかもしれない。だったら、ひたすら感謝攻勢をかければ、こちらに感情移入してくれるかもしれない。そして、そのとおりになった」

「相手を味方につけられた」彼が状況を整理した。「これで、告げ口される危険は少なくなりました。女性は、次にどんなことを考えるでしょう」

「一時的な回避に成功したのだから、それを恒久的なものにすることだろうな」大迫さんが答える。「つまり、ペットを飼える家に移り住む。目の前の男性は一軒家に住んでいて、奥さんもお子さんもいない。話していて、資産家とはいえないまでも、経済的にゆとりがあることもわかる。これ以上の相手はいない。そう考えたとしても、不思議はない。相手の歓心を買うことに成功したんだ。そのまま結婚して家に入ってしまえば、猫の居場所にも困らない。女性は、そういった打算で男性と結婚したんじゃないか。警察官はそう考えたわけだ」

「ひどい……」

わたしはつぶやいた。しかし、それが想像した警察官に対してなのか、想像上の女性の行為に対してなのか、自分でもわからなかった。

「合気道さんの想像を僕たちに話してくれたということは」彼が大迫さんを見た。「大迫さんも、その可能性があるというか、高いと考えてるんですね?」

「まあね」大迫さんは人差し指で頬をかいた。「私も警察官だからね。結婚が愛の結果だけじゃないことは知っている。加えて女性は近所迷惑を気にすることもなく、嘘をつき続けてきたわけだから、心証もよくない。感謝の気持ちが愛に発展したなんて美しい話を聞いても、すぐに信じられない。そういったところかな」

「そうでしょうね」

彼が賛意を示したところで、ノックの音がした。ドアが開いて、店員さんが牛肉の赤ワイン煮を持ってきてくれた。

「食べよう」

大迫さんがそう言って、真っ先にフォークを伸ばした。年長者の自分が先に食べないと、みんな食べづらいだろうという考えからだ。警察の偉い人なんて威張ってばかりじゃないのかと思うのだけれど、そうでない実例が目の前にいる。

配慮に感謝しつつ、わたしもフォークで肉塊を取った。口に入れるとほろりと崩れて、でも噛むとしっかり肉の味がする。ワインで煮込んでいるけれど、ビールにも合う。

「女性は猫のため、自分の立場を護(まも)るために、男性と愛のない結婚をした」

同じように牛肉を食べた彼が言った。

「そうかもしれません。でも、少なくとも愛しているふりはできた。結婚後に合気道さんと再会したときにも、男性はのろけるくらいには現在の生活に満足しているようでした。ということは、結婚した途端に女性が態度を変えたわけでもなさそうです。男性は騙されたのかもしれませんが、そのまま騙され続けたのなら、けっこう幸せな人生のように思えます」

「そのとおりだ」大迫さんが気持ちのこもった声で賛同した。「女性だって、今さら家を追い出されたくないだろう。離婚されない程度には上手に振る舞うんじゃないかな。だったら、外野がどうこう言う話ではない」

「そうですね」彼がビールを飲んだ。ジョッキを置く。「後は、女性が不幸にならないことを望むのみです」

個室は静まりかえった。大迫さんもわたしも、言うべき言葉が見つからず、ただ黙っていた。彼一人が、ビールを飲み、ソーセージと牛肉を食べていた。

「――どういうことだい?」

大迫さんが低い声で尋ねた。

「どうもこうも」彼がフォークを止めて答える。「男性は現在の生活に満足しているようです。それなら伴侶(はんりょ)たる女性の方も不幸にならないでほしい。そういうことです」

それじゃあ、そのまんまだ。

「それって、こういうことですか? 女性は愛していると嘘をついて結婚した。もともと嘘をつき慣れている人だから、たやすいことだった。でも、嘘をつき続けると精神的に荒(すさ)んでいく。だから不幸になると。そういうことですか?」

「その心配もあるね」彼は同意してくれたけれど、彼の考えとは違っているようだ。ますますわからない。

大迫さんがため息をついた。「聞こうか」

彼はジョッキを取って、ビールをもうひと口飲んだ。テーブルに置く。

「男性がツーリングからの帰り道で、女性が猫を抱えて飛び出してきた」

ジョッキを見つめたまま話しだした。

「猫はぐったりしていて、治療が必要なことはひと目でわかる。しかし女性はケージを持っていないから、タクシーには乗れない。では、自分のバイクなら動物病院に連れて行けるのではないか。そう考えた。男性のバイクは百十ccだから、二人乗りができる。女性にヘルメットを持っているか尋ね、持っていたから後部座席に乗せて連れて行った」

彼は大迫さんの話をなぞっている。間違っているところはない。

彼はジョッキから視線を外し、大迫さんとわたしを等分に見た。

「僕が引っかかった、ふたつのうちのひとつが、ここです。自分のバイクで連れて行けないか。そう思いつくまではいいんです。でも、目の前の女性はヘルメットを手にしていない。その時点で、バイクという手段は使えないと考える方が自然ではないでしょうか」

目の前で風船が破裂したような感覚があった。わたしは今、何を聞いた？

彼は続ける。

「これが、アパートの正面ならわかるんです。もしヘルメットが部屋にあるのなら、ダッシュで取りに戻れる。でも大迫さんは、アパートにほど近い道と言いました。近所ではあっても、目と鼻の先ではない。ヘルメットを持っているか訊いても、あまり意味がないんです。それなのに、男性は女性に対してヘルメットを持っているかと尋ねている」

大迫さんが、舌先で押し出すように、そっと言った。

「男性は、女性がヘルメットを持っていることを知っていた……」

「合気道さんは、女性の立場に立って考えて、女性の行動を疑いました」

彼は直接肯定せずに、話を進めた。

「大迫さんもです。僕は、男性の立場に立って考えてみました。大切にしているバイクを汚された。直接の犯人である猫も憎らしいけれど、飼い主はもっと憎らしい。それなのにぬけぬけと嘘をついて、逃げ切ろうとしている。合気道さんの反応を見ても、それは現実味を帯びています。大迫さんの話では、男性は被害の補償よりも、飼い主への処罰を望んでいるようでした」

「で、でも」つっかえながら反論する。「仕方がないんじゃないですか？　警察が諦めたくらいなんですから——ああ」

話している内容を自分の耳で聴いて、思いつくことがあった。「男性は、自分で証拠をつかもうとした？」

彼が、今度は全面的に肯定してくれた。

「そう思う。猫がバイクに乗ったところを写真に撮り、時間を記録する人間だ。女性の行動を監視して、猫を飼っている動かぬ証拠をつかもうとしても、不思議はない」

「ストーカー……」

「自覚はあったんだと思う」彼はため息交じりに言った。「女性の行動を監視していたからこそ、女性がスクーターに乗っていて、ヘルメットを持っていることも知ることができた。ストーキングを続けて、キャットフードを買って戻ってくるところを見ることはできただろう。証拠写真も撮れる。でも、証拠写真を持って交番に行けるかな。大迫さん、どうでしょうか」

「難しいだろうな」大迫さんが答える。「探偵事務所に依頼するのならともかく、個人でやったらストーカー規制法に引っかかるだろう」

「でしょうね。警察に訴えるわけにはいかない。でも、猫と飼い主にはペナルティを与えたい。ここからは完全に想像ですが、男性は一計を案じた。猫にダメージを与えれば、飼い主も不幸になると。かといってバイクに乗った猫を空気銃で撃ったりしたら、こちらが動物虐待で逮捕される。なんとか自分の手を汚さずに猫を攻撃できないか。色々と考えて思いついたのが、猫にタマネギを食べさせることだった」

「ええっ！」思わず大声を出してしまった。「あれは男性の仕業（しわざ）だったんですか？」

彼はうなずく代わりに困った顔をした。

「その可能性があるということだよ。男性は猫がバイクにいつ乗ったかの記録を取っている。タイミングを予測することができた。直接攻撃する必要はないんだ。ただ、スーパーかコンビニで買ってきたハンバーグを、バイクの傍に置けばいい。目の前に肉の塊があって、猫が食べない理由はない。食べてすぐ症状が出るわけではないらしいから、自宅の敷地内で倒れられることもない」

大迫さんが唸った。

「まさしく、毒餌を与えたわけか」

先ほど、彼は言った。でもまさか、毒餌を撒くわけにもいかないと。男性はそれを実践していたのか。

「男性は、猫が帰宅してから体調を崩すことを想像していたのかもしれません。猫の変調を目の当たりにした女性はうろたえるでしょう。注意深く猫と一緒にいるところを他人に見せないようにしていたとはいえ、動物病院に連れて行かない選択肢はありません。ここが僕が引っかかった、もうひとつの点です」

彼は一言ずつ、はっきりと言った。

「どうして女性は、自らスクーターで動物病院に行かなかったんでしょうか」

「あ……」

わたしと大迫さんは、同時に口を開けた。そういえば、そうだ。

わたしたちの反応に満足したように、彼は話を続ける。

「猫はぐったりしています。毛布にくるんで前カゴに乗せても、逃げたりはしません。普段からスクーターに乗っているのなら、ごく自然に選択するでしょう。でも現実には、抱きかかえたまま徒歩で飛び出しています。可能性としては、女性が酒を飲んでいたことが考えられます。けれど夕刻ということでしたから、可能性があっても低いように思えます」

大迫さんが答を言った。

「男性が、スクーターを壊したか」

彼が目を細めた。

「そうであってもおかしくないと思います。女性が動物病院に行こうとするのを妨害するには、効果的な手段ですから。タイヤをパンクさせる。鍵穴に瞬間接着剤を注入する。やり方はいくらでもあります。猫を飼っていることを隠したい女性が、ペットを入れて外出するケージを持っていないことは想像できた。ですからタクシーにも乗れません」

胃の中でソーセージが腐敗したような錯覚に陥った。猫にとっての毒を食べさせ、動物病院に連れて行くのを妨害する。なんて陰湿で卑劣なやり口なのだろう。

同じく苦い顔をしていた彼が、やや表情を戻した。

「男性の目論見(もくろみ)はうまくいきました。ところが、事態はおかしな方向に推移していきました。やるべきことはやったと、意気揚々とツーリングに出掛けた男性が帰り道で、女性に遭遇してしまったのです。さすがに、これは偶然だと思います。いくらなんでも、猫が発症する時間と、女性が猫を抱えて飛び出す時間まで予測して、バイクを走らせるのは無理ですから」

そのとおりだと思う。無理に理屈をつけなくても、偶然と考えた方がしっくりくることはある。

「狙ってやったこととはいえ、目の前で猫がぐったりしているのを見ると、放っておけなくなった。これは理解できます。そう思わない人間だったら、それこそ空気銃で撃つなりしたでしょうから。後ろめたさがあったのかどうかはわかりませんが、自分の関与を疑われるわけにはいきません。それで、つい自らの知識をさらけ出してしまった。ヘルメットは持っているかと。いきなり問われた女性は、持っていると正直に答える。それで、わざわざ部屋までヘルメットを取りに戻らせ、バイクの二人乗りで動物病院に向かった」

「そこから愛が芽生えたわけですか」

彼の説明は納得いくものだったけれど、結論は納得できない。あれだけのことをしておいて、単純に幸せになるということに抵抗があるのだ。

しかし彼は薄く笑った。

「愛というよりも、執着だろうね。男性の特徴だという気がする。男性は、猫がバイクに乗っかったところを写真に撮り、動画に撮り、時間を記録した。その間、猫は大切なバイクに乗っかり放題なわけだ。本当にバイクが大切なら、追い払う方が優先される。それなのに男性は、証拠集めに熱中してしまった。証拠を集めると決めてしまったら、それに執着する。そんな人だ。だから女性が猫を飼っていることの証拠集めにも熱中した。そして対象に執着するのも、自然なことだ。男性は女性に執着してしまったがために、自分が愛猫に危害を加えていながら、助けるような行動に出てしまった」

「助けてしまったがために、執着の相手に感謝されてしまった」

大迫さんが言った。「その後二人は交際して、結婚までしている。そこに至るまでの経緯はともかく、結果的に幸せになったのなら、いいんじゃないか?」

至極真っ当な意見だ。しかし彼は重々しく首を振った。「幸せになったのなら」

大迫さんが首を傾げた。「違うのかい?」

彼は難しい顔で警視庁の幹部を見た。

「先ほどの、合気道さんの想像にありました。女性は、隠したかった猫を飼っているという事実が、ばれてしまった。しかも、最も知られたくない相手に。これって、弱みを握られたことになりませんか」

ややあって、大迫さんが首肯した。「なるだろうな」

大迫さんが賛成したことを確認して、彼はうなずいた。

「ということは、男性の立場からすれば、弱みを握ったことになりますよね」

大迫さんは、また首肯した。「……なるだろうな」

彼は毒餌を食べたような顔になった。

「ここでまた、男性の立場に立ってみましょう。目の前の女性は、苦しい立場に立たされている。自分が大家に話をすれば、アパートを追い出される。しかし自分が黙っていれば、今までの生活を維持できる。この時点で、男性は女性の生殺与奪権を握った。そう自覚できた。女性もそれがわかっていて、必要以上の感謝の意を示してきた。女性は自分に屈服した。そう判断した」

嫌な話だ。だからこそ、彼も嫌な顔をしている。

「服従した以上、二人の関係は王様と家臣だ。家臣なら、自分に逆らわないかぎり、いくらでも優しくできる。男性が結婚したのは、二人の関係を維持するためだった。そう考えられませんか?」

大迫さんはすぐには答えなかった。それほど彼が想像した男性の行動は、悪意に満ちていたからだ。ややあって、大迫さんは顔を上げた。

「でも、結婚して一緒に暮らし始めたら、女性の弱みはなくなる。関係を維持することはできなくなるんじゃないか?」

「そう思います」彼はあっさり肯定した。そして首を振る。

「男性は、そのこともわかっていたと思います。男性には、離婚経験があります。そのときの事情は知りようがありませんが、少なくとも男性は、妻という存在は、いざとなったら逃げるものだとわかっていた。王様になった男性にとって、家臣が逃げることは避けなければなりません。そこで男性が取った行動は、妻となった女性が、次々と猫を引き取るのを容認することでした」

よくわからない話だ。大迫さんの説明では、確かに家には七匹の猫がいるということだった。でも、それがどうしたというのか。

わたしと大迫さんが反応しないことに、彼はほんの少しだけ失望したような顔をした。

「いいですか？　女性はタマネギ中毒の一件以来、猫を室内で飼うことにしました。外に放置できないのです。家の中にいる、七匹の猫の世話をする必要があります。近場にちょっとツーリングに行くのならともかく、何日も家を空けられない。女性は、自ら望んだとはいえ、そんな立場に置かれました。女性は、逃げるに逃げられなくなったのです。男性は猫を増やすことを許すふりをしながら、実は女性を籠の鳥にしたのです。一方自分は、趣味のバイクに好きなだけ乗れる。一人だけでキャンプにも行ける。男性はそれができて、女性はできない。この格差が、女性を不幸にしないか。僕が心配しているのは、それなんです」

彼の話は終わった。嫌な話を終えた彼は、口を清めるようにビールを飲んだ。

わたしはといえば、何もコメントできなかった。

大迫さんは、大人になってからの趣味が幸せをもたらした例を話してくれた。仮にそれが騙されたものであっても、本人が幸せと感じているのならと。

しかし彼は、さらにその上をいっていた。男性が得たものは幸せでも何でもなく、ただ他人を犠牲にして自己満足に浸ろうとした結果なのだと。そんな幸せもどきなんて、欲しくはない。

大迫さんが、またため息をついた。

「男性の行動を、今さら問題にしても仕方がないんだろうな」

「そうでしょうね」彼が答える。「証拠はありませんし、今現在安定しているのなら、わざわざ引っかき回す必要もありません。それに——」

彼はビールを飲み干して、ジョッキをテーブルに置いた。

「聖子ちゃんなら、変な男に引っかかることもないでしょうし」

場違いな客

休日には、キャンプに行くことが多い。

今日も四輪駆動の軽自動車にキャンプ道具を積み込んで、後輩と秩父（ちちぶ）へやってきた。

後輩が周囲を見回す。

「秩父は初めてですけど、いいところっスね」

「だろう?」地元産のウィスキーとワインのボトルを目の高さに上げる。「こんなものも作ってるし」

「わらじカツ丼もありますし」

「それは帰りがけな。さあ、テントを立てるぞ」

男二人でひとつのテントに寝るのもむさ苦しいから、ソロキャンプ用のテントをふたつ持ってきた。二人ともテント設営は手慣れたものだ。続けて焚（た）き火台を組み立てた。焚き火は自分の担当だ。火を熾（おこ）す傍らで、後輩がスキレットで肉を焼く。男のキャンプに、メニューだとか栄養のバランスだとかの正論は言わない。焼けた肉を皿に載せ、缶ビールを開けた。昼間から酒を飲むのは、休日の特権だ。

缶ビールを片手に、キャンプ場を見回す。

「けっこう、人が多いっスね」

「ブームらしいからな」

後輩の言うとおり、キャンプ場はかなりの盛況だ。周囲には、真新しいテントを設営するのに四苦八苦している、若い集団が何組もいた。ブームに乗って始めた初心者だと、ひと目でわかる。みんな流行のキャンプウェアやグッズを揃えているから、一見するとどういうグループに分かれているか、区別がつかないほどだ。

「賑わうのはいいことだよ」ビールをひと口飲んで、そう言った。「それに、ああいった人たちの方が、実はマナーがいいからな。中途半端にベテラン気取りの方が、よっぽど質が悪い」

「俺たちがそうならないよう、気をつけなきゃですね」

「違いない」

警察官がキャンプ場で羽目を外しすぎたなんてことになれば、大問題になる。

「でも『テント設営を手伝いましょうか』とか言って、ナンパするんじゃないぞ」

「しませんって」

二人で笑った。後輩の笑い顔が、途中で静止する。「――あの人」

視線を追う。その先に、一人の女性がいた。

見たところ、自分たちよりも少し年上。三十歳を少し超えた辺りだ。

乗ってきた自動車はオフロードを意識した車種ではないけれど、荷室が広いステーションワゴンタイプだ。自分たちのものより少し大きいテントは、背の高いティピータイプ。使い込まれているのがわかる。近くに人影がないから、ソロキャンパーなのだろう。

「慣れた人みたいっスね」

後輩の言うとおりだ。自動車から降ろしたキャンプ道具を、流れるような動作でセッティングしていく。コンパクトストーブでコーヒーを淹れると、ローチェアに座って本を読み始めた。休日をアウトドアで過ごすベテランキャンパー。そんなふうに見える。

しかし後輩は首を傾げたままだ。自分も同様で、おそらく眉間にしわが寄っているだろう。疑問を口にしてみた。

「あの人、どうしてスーツを着ているんだ?」

＊＊＊

待ち合わせ場所は、新宿にある書店だ。

いつもは待ち合わせに使わせてもらっているだけなのだけれど、今日は書店としても利用させてもらう。卒業論文に使う参考文献が必要だったから、四階の専門書コーナーで目当ての本を買って、エレベーターで一階の雑誌売り場に移動した。

待ち合わせ相手がよく利用するアウトドア雑誌のコーナーに行ったら、一分も経たないうちに声がかかった。大迫さんだ。

「お疲れさまです」

ぺこりと頭を下げる。大迫さんも軽く手を振った。「お疲れさま」

そして背後を親指で指し示した。「彼は、レジにいるよ」

肩越しにレジを覗くと、彼がカードで支払いを済ませているところだった。買った雑誌を――袋を辞退したからそのまま――通勤鞄にしまって、わたしたち二人と合流した。

「どうも」

「お疲れさまです」

三人で書店を出た。

「今日は、どこに行こうか」

大迫さんがわたしを見る。希望を言っていいよという意味だけれど、今日は片手を振った。

「ここのところ、ずっとわたしの希望を聞いていただいていたので、今日はお二人が食べたいものを」

大迫さんがわたしから彼に視線を移す。「どうする?」

「そうですね」彼が自らの顎をつまんだ。「この前はビールでしたから、今回は別の酒にしましょうか。ワインとか、焼酎とか」

「そうだな」大迫さんが宙を睨む。「ワインなら、心当たりがある。ニュージーランドなんだけど、いいかな?」

もちろん、反対があろうはずもない。大迫さんが魔法の携帯電話で個室の予約を取ってくれた。

「行こうか。ここからだと、十分くらい歩くけど」

わたしは若いし、年長者の二人も健脚だ。十分など、距離のうちにも入らない。世間話をしながら歩いているうちに、目的の店に到着した。

木材とレンガで構成されたシックな店内は、あまりニュージーランドという感じはしない。ではどんな感じがニュージーランドらしいかと問われたら、まったくわからない。少なくとも、雰囲気のいい店であることは間違いなかった。

若い店員さんに、奥の個室に案内してもらう。ガーリックシュリンプの串焼きとカラマリのフライ、それからムール貝を注文した。もちろん、ニュージーランド産の白ワインも。

まず白ワインが運ばれてくる。三人で、軽くグラスを触れ合わせた。口に含む。第一印象が顔に出ただろうか。大迫さんが笑顔を向けてくる。「驚いた？」

「ええ」素直に答える。「何というか、草っぽいですね。はじめて飲む味です」

大迫さんは笑顔を大きくした。「そうなんだよ。最初は驚くけど、慣れるとクセになる」

「確かに、個性的な味ですね」彼も言った。嫌いな味ではないようで、目が細くなっている。

大学生女子のわたし――玉城聖子と、警視庁幹部の大迫さん。そして会社員の彼が三人で飲みに行く。一見奇妙な取り合わせには、理由がある。わたしたちは、二十年以上前に発生したハイジャック事件の関係者なのだ。

那覇空港で起きたその事件で、乳児だったわたしは、人質として犯人に抱えられていたそうだ。大迫さんは空港警備のアドバイザーとして管制室にいて、彼は乗客としてわたしと同じ機内にいた。そして赤の他人であるわたしを解放するために、犯人と必死の交渉をしてくれたそうだ。

それぞれが違った形で事件に関わった三人が、二十年の時を経て、こうして東京で酒を酌み交わす。不思議な縁だと思う。そしてわたしにとっては、これ以上ないくらいの幸運だった。

彼がおいしそうにワインを飲んだ。「日本の警察は、ニュージーランド警察とも交流があるんですか?」

「あるよ」大迫さんが答える。「国交があるということは、互いの重要人物が来訪するということだ。私のような警備畑の人間は、相手国の警察と密に連絡を取る必要がある。相手が訪日したときに、その国の郷土料理を出せるようにしておくんだ」

「日本に来たのに、向こうの料理なんですか?」

素朴な疑問を口にした。大迫さんがまた笑う。

「そう。もちろん最初は日本料理店に招待するけれど、長期滞在だと、次第に故郷の料理が恋しくなるんだ。そのときに備えて、地元の店を確保しておくのも、接待のひとつだよ」

「わかります」彼が実感のこもった声で言った。「僕が人生で飲んだ最高の味噌汁は、三カ月滞在したシカゴで、三カ月目に飲んだ一杯です」

経験したことがなくても、なんとなく理解できる。というか、彼の表情と口調に説得されてしまった。

大迫さんがニュージーランドを訪問したときの話を聞いていたら、ノックの音がして、店員さんが料理を持ってきてくれた。

まずカラマリのフライを取る。つまりはイカフライだ。日本の居酒屋だとレモン汁をかけるところだけれど、この店ではサワークリームにつけて食べるようだ。少しつけて口に運ぶ。爽やかな酸味とガーリックの風味が熱々のイカによく合った。そして白ワインを飲む。草の香りが口に残った油を綺麗に流してくれた。なるほど。いい取り合わせだ。

そうそう。雑談と料理に耽溺して、危うく忘れるところだった。彼に身体を向ける。

「先日は、ありがとうございました」

彼には、何のことかすぐわかったらしい。「いや、こちらこそ、急に頼んじゃって、悪かったね」

「いえいえ。貴重な体験をさせていただきました」

話に入れない大迫さんが、瞬きした。もちろん、きちんと説明するつもりだ。そしたら彼の方が先に口を開いた。

「今年、娘が中学受験して、一応合格しまして。ご褒美は何がいいかと訊いたら、好きな女性アイドルグループのライブに行きたいと言う。抽選に当たったらねと答えておいたら、当選したんです」

「よかったじゃないか。そうだ。そのお祝いもしないとね」

妹ちゃんが第一志望の中学校に合格したことは、大迫さんにはメールで連絡したのだそうだ。本来ならすぐに祝勝会をするところだけれど、わたしの方が公務員試験の準備で、飲み会どころではなかった。そのため、直接の報告が今日になってしまったわけだ。

「中学に入ったばかりでは、ライブに一人で行かせるわけにはいきません。嫁がついていく予定だったんですが、近所に不幸がありましてね。僕と嫁はそちらに動員されて、一緒に行けなくなったんです。息子は『アイドルのライブになんて、恥ずかしくて行けるか』と拒否する。そこで聖子ちゃんに同伴を頼んだんです」

大学進学のため東京に戻ってきてから、彼の家には何度も招待されている。そのため奥さんも頼みやすかったのだろう。長男くんもわたしとは普通に話してくれるようになったけれど、さすがに女性アイドルとくれば、恥ずかしさが先に立っても不思議はない。わたしも公務員試験が終わった直後だったから、全員の利害が一致したわけだ。

「ライブになんて、行ったことがありませんから、むしろわたしにとって幸運でした。日曜日の夜で、バイトもありませんでしたし」

「どうだった?」

大迫さんが興味深そうに訊いてくる。わたしはライブの情景を思い起こした。

「楽しかったです。アイドルのみなさんだけでなく、多くのスタッフがお客さんを楽しませるためだけに全力を尽くすわけですから、当然ですね。夢の空間という感じでした。でも——」

「でも?」

わたしは頰をかいた。「最初はちょっとびくびくしてました。女性アイドルですから、客層は妹ちゃんみたいな下の年代の女の子か『大きなお友だち』がメインでしょう。わたしみたいな中途半端な年代の女が行ったら、場違いで浮いてしまうんじゃないかと心配してたんです。でも行ってみたら、わたしくらいの女性客もけっこう多くて、安心しました」

「そりゃ、よかったじゃないか」

そこまで言った大迫さんが、何かを思い出したような顔をした。宙を睨む。

「どうしました?」

「いやね」大迫さんが視線をこちらに戻す。「聖子ちゃんの場合、自分が場違いな客だと思ったら、実は違ったわけだ。それで思い出したんだけど、正真正銘、場違いな客がいた話を聞いたことがあるんだ」

「どんな客だったんですか?」つい身を乗り出してしまう。大迫さんがワインを飲み干した。

「話す前に、追加注文しようか」


「今回も、合気道仲間の警察官から聞いた話だ」

赤ワインとミートパイ、それからラムチョップを注文して、大迫さんが口を開いた。

「まだ三十前の若い警官なんだけど、仕事熱心でなかなか見所のある青年だ。彼はアウトドア全般が趣味でね。自転車で山道を走るトレイルライドや海釣りなんかの他に、普通のキャンプにもよく行っているそうだ。そのキャンプ場でのことだ」

そういえば、この前の話に登場した男性も、定年退職後にオートバイを買ってキャンプに行っていたということだった。本当に流行しているんだな。

「同じ趣味の後輩と、秩父のキャンプ場に行ったんだそうだ。君は知っていると思うけど、秩父はワインやウィスキーの生産地としても有名だ。現地で地元の特産品を買いそろえて、キャンプ場に入った。昼間から酒を飲みながらのんびりするという、素晴らしい休日だな」

「昼間からお酒を飲んだら、後は何もできないじゃないですか」反射的に反論して、次の瞬間答が見つかった。「ああ、のんびりができるわけですか」

いつもせかせかしているわたしには想像しづらいけれど「何もしない」ができるという選択肢はあり得る。

おそらくはわたしよりもずっとせかせか働いていて、何もしないことの価値がわかっている大迫さんがうなずいた。

「そういうこと。彼はこの週末を、ひたすらぼーっとして過ごそうと考えていたわけだな。ところが妙なキャンパーの登場で、彼の安寧は破られた」

「迷惑なキャンパーがいたんですか?」

いかにも心当たりのありそうな口調で彼が尋ねた。しかし大迫さんは首を振った。

「いや、迷惑をかけられたわけではなかったようだ。女性のソロキャンパーで、大きな音を立てるとか、ゴミを散らかすということもなく、マナーのいい人物だった。経験者らしく、キャンプ道具をセッティングするのも流れるようにスムーズだったそうだ。その人物と接したのは、炊事場で挨拶したくらいで、警官たちが特に関わり合ったということもない」

彼には珍しく、よくわからないという表情になった。「でも、安寧を破られたと」

「簡単にいえば、気になったということだな」

「犯罪の臭いがしたということですか?」

「それも違う。でも気になったというのは、明確な原因があってね。その人物は、スーツを着ていたんだ」

一瞬の間。何を言われたのか、すぐに理解できなかったからだ。しばらくして、言葉の意味が脳に染みこんできた。理解した途端、口が動いていた。

「スーツを着てキャンプしてたんですか?」

わたしたちの反応を楽しむように、大迫さんがうなずいた。

「そうらしい。気になったから、警官はそれとなくその人物を観察した。三十歳を少し超えたくらいの女性で、中肉中背。色白の肌に銀縁眼鏡をかけていた。グレーのパンツスーツを着て、足元は黒いビジネスシューズだ。キャンプ場よりも、大手町に似合う風貌だな」

その光景を想像してみた。中学高校時代に、野外実習でキャンプに行ったことがある。だからキャンプ場の様子はわかるし、女性のスーツ姿も普段から街中で見慣れている。だから簡単に想像できたけれど、異様な光景にくらくらしてきた。

「確かに、場違いここに極まれり、といった感じですね」

彼も想像したのだろう。楽しそうにコメントした。大迫さんも笑う。

「そのとおり。最近はキャンプブームで、流行のアウトドアウェアを着込んだ連中ばかりだったから、特に目立つ。ただ、本人は気にしていなかったようだ。警官が観察しているかぎりでは、人目を気にしたり周囲をちらちら見ているようなことはなかったらしい。悠然と、一人の休日を楽しんでいるように見えた」

「それは素晴らしい」

変わった出来事が好きな彼は面白そうに言うけれど、妙なのは間違いない。わたしは至極常識的な疑問を口にした。

「でも、どうしてスーツなんて着てきたんですかね。汚れるのに——っていうか、その人は、スーツが汚れるのは気にしてなかったんでしょうか」

「気にする素振りは、まったくなかったらしい。アウトドアだから、別に暴れ回らなくても、どうしても土や枯れ草なんかで汚れる。焚き火をしたら火の粉も飛んでくるし、煙臭くもなる。それどころか、どうやらスーツのまま寝袋で寝たようだ。朝、警官が炊事場で一緒になったときには、スーツはかなりしわが寄っていた。それでも警官に対して、穏やかな笑顔で挨拶した」

「大物というか、何というか」

「ともかく、その人物はずっとその調子でね。簡単な朝食を済ませた後は、コーヒーを飲みながら優雅に本を読んでいた。終始、楽しそうだったそうだ」

「スーツのままで」

「そう。スーツのままで。警察官たちは午前中に撤収したから、その後のことはわからない」

大迫さんが話し終えたら、まるでそれを待っていたかのようにノックの音が聞こえて、店員さんが料理とワインの追加を持ってきてくれた。

まず、ラムチョップを手に取る。沖縄で肉といえば豚肉だ。山羊（やぎ）も食べるけれど、中高一貫校の寮ではあまり出てこない。ましてや羊など、出るわけもない。あれは、北海道の食べ物だ。

骨付き肉を囓る。羊の肉は臭いと聞いたことがあるけれど、そんなことはなかった。よく嚙んで飲み込むと、濃い肉の味が口の中に広がる。今度は赤ワインを飲む。白ワインほど特徴的な味ではないけれど、羊の肉によく合った。

「面白いですね」

同じように羊肉を堪能した彼が口を開いた。「キャンプ場で、自然にスーツを着こなす女性。どんな人物か、会ってみたい気もします」

「確かに、興味はあるね」大迫さんも赤ワインを飲む。「なぜそんなことをしたのか、事情を聴いてみたい」

確かにそうだ。どこの誰ともわからないのだから知りようはないけれど、想像することはできる。

「最初に考えつくのは、仕事が終わって、職場から直接キャンプ場に向かったってことですけど」

「うーん」そんなことはとっくに考えたよという顔で大迫さんが反論した。「だったら、着替えを用意したと思うな。テントでもトイレでも着替えられるわけだし。警察官が見たところ、テントは背の高い、二人から三人が使えるサイズということだった。つまり、中で着替えられる」

こっちだって、考えなしに発言したわけではない。すぐに再反論する。

「本当はいったん家に帰って、着替えてから出掛けるつもりだったんじゃないでしょうか。けど仕事が押してしまって、家に帰る暇がなかったとか」

「あり得なくはないけど」これまた想像の範囲内という口調で返される。「その女性は一人だったということだ。誰かと待ち合わせしていたわけじゃないから、着替える暇もないくらい急ぐ必要があったとは考えにくい。車で来たようだから、電車の時間が迫っていたわけでもないし」

それもそうか。

「加えて言うと、その仮説が正しいのなら、女性は意図せずスーツ姿でキャンプ場に来たわけだ。場違いな格好を最も気にするのは当人だ。決まり悪い様子になるんじゃないかな。スーツが汚れるのも気にするだろうし」

「……そうですね」

反論に詰まったわたしに、大迫さんは慰めるように言葉を足した。

「でも、仕事が終わって直接キャンプ場に向かったというのは、間違っていないかもね。女性がはじめからスーツ姿でキャンプするつもりだったのなら、むしろ自然な行動だ」

あまり慰めにならないコメントだ。落ち込みかけたところで、別のアイデアが浮かんだ。

「逆はどうですか？　仕事が終わってからキャンプ場に向かったんじゃなくて、キャンプを終えたら直接仕事に向かうつもりだった」

「じゃあ、私服で行って、帰り際にスーツに着替えるだろうね」

瞬時に論破された。でもへこたれない。

「いつ仕事のお呼びがかかるかわからないから、臨戦態勢だったとか」

「汚れてよれよれになったスーツで、仕事に？」

今度こそ、ぐうの音も出ない。しかし違う疑問が浮かんだ。

「そういえば、スーツってデスクワークで着る服ですよね。意図的にキャンプ場に着てくるのはいいんですけど、作業しにくかったんじゃないでしょうか」

「いや、それは大丈夫だろう」

今度は彼が反論した。「アウトドアって言葉に騙されちゃいけない。聖子ちゃんもキャンプ経験があるからわかるだろうけど、キャンプでやる作業といえば、テントを立てるとか焚き火を熾すとかだ。後は、せいぜい料理くらい。労働としては軽作業レベルだよ。スーツだからやりにくいってことはない。スカート姿ならともかく、パンツスーツだったようだし」

平日はスーツ姿で仕事をして、休日にキャンプに行っている彼が言うと、説得力がある。

「ということは、女性はそこまで考えた上でスーツを選んだんでしょうか」

「それは、何ともいえない」彼が赤ワインを飲んだ。「積極的にスーツを選ぶ理由にはならないからね。少なくとも、巫女さんの格好よりは作業しやすいってだけで」

巫女さんが焚き火を熾している光景を想像して、吹きだしそうになった。袖に炎が燃え移って、大変なことになりそうだ。

「少なくとも、スーツでもキャンプはできる。経験者らしい女性には、そのことがわかっていた」

大迫さんが話を戻した。「意図的にスーツを着てきても、合理性だけ考えたら、おかしくないわけだ」

「合理性だけなら、ですよね」わたしが後を引き取る。「でも、こういった場合は、合理性よりも気分の問題という気がします。気分的に、かなり抵抗があると思います」

話しながら、頭の中で考えをまとめた。

「まず、くつろぎにキャンプに行っているのに、仕事と同じ服では気分的にくつろげないこと」

「そうだね」彼が賛成してくれた。安心して先を続ける。

「ふたつ目は、仕事で着ている服を汚すことに対する抵抗があります。帰ってクリーニングに出せば済むことですけど、木の枝に引っかけて破いてしまう危険だってあります。焚き火の火の粉で穴が開くとか」

大迫さんもうなずいた。「少なくとも、帰ってそのまま仕事には行きづらいだろうね」

「三つ目は、違和感です。たとえスーツ姿に合理性があったとしても、周りにそんな人は一人もいません。周囲から浮いてしまうことは、やはり居心地の悪さにつながると思います。他人の目だってあります。警察官の人だって、気になって観察していました。相手が女性ですから、露骨にジロジロ見ることはないにしても、ちらちら見ることはあるでしょう。他人の視線を浴びて、落ち着けるとは思えません」

「よほど図太い神経の持ち主でなければ」

彼が混ぜっ返したけれど、彼こそ図太い神経を持っていると思う。何といっても、ハイジャック犯と丁々発止のやり取りをしたのだから。

わたしと同じことを考えていたらしい大迫さんが、真面目な顔に戻る。

「聖子ちゃんの指摘は正しいと思う。ということは、それらの障害を乗り越えてでも、スーツ姿でキャンプに来ることを選んだわけだ。明確な意志を感じるな」

「明確な意志」それはいったい、何だろう。大迫さんがわたしを見た。

「聖子ちゃんがその立場になってみたら、指摘してくれたどの点を一番気にするかな?」

答は決まっている。

「他人の目ですね。微妙な表情で他人にちらちら見られるなんて、耐えられません」

大迫さんがまたうなずいた。

「同感だ。では、女性はスーツ姿だと他人の注目を浴びることに、気づいていたんだろうか」

ちょっと考える。それほど難しい問題ではない。すぐに思いついた。

「気づいていたと思います。気づかずに行ったとしたら、現地で予想外の注目を浴びて、居心地悪そうにしていたでしょう。でも女性は、悠然としていました。あらかじめわかっていなければ、できないことです」

「ということは、他人の目など、まったく気にしない性格なのか。それとも悪目立ちしてまでスーツを着ていく必要があったのか」

気にしない性格で済ませてしまっては、話が終わってしまう。何の解決にもならない。では、後者の仮説はどうだろう。わたしは宙を睨んで話し始める。

「女性は、他人に見られることを承知の上でスーツを着ていった。そうしなければならない理由があった……」

話しながら、浮かんできたことがあった。視線を目の前の男性二人に戻す。

「ひょっとして、こうは考えられませんか。目立つことを気にしなかったのではなくて、目立つことが目的だったんじゃないでしょうか」

大迫さんがきょとんとした顔をした。「目立ちたがりだったって？」

「そういうわけではありません」わたしは思いつきを頭の中で映像化しながら言った。「目立つということは、自分の存在をアピールすることです。キャンプ場にいる誰かに、自分を見つけてもらいたかったのではないでしょうか」

「――たとえば？」

「たとえば、女性は学校の先生だったとかです。生徒がキャンプ場で、お酒を飲んだりとかの悪さをするという情報をつかんだ。止めなければいけないけれど、キャンプ場に乗り込んで生徒に声をかけると、わざわざ監視に来たのかとＰＴＡに文句をつけられる危険がある。そこでこちらから声をかけずに、生徒の方に気づいてもらうことにした。でも普通の格好をしていては、多くのキャンプ客に紛れて気づかれないかもしれない。スーツ姿なら目立つし、学校で見慣れている姿だから、生徒は一発で気づく。先生がいれば大人しくしているはずだと期待したんじゃないでしょうか」

「………」

大迫さんが目を見開いた。少しの間、黙る。わたしが大迫さんを驚かせたのは、これがはじめてではないだろうか。

「面白いね」コメントしたのは彼だった。「教育のためという大義名分があれば、悪目立ちすることも厭(いと)わない。スーツのクリーニング代は経費で落ちないだろうけど、先生が生徒のために身銭を切るのは、実際問題として珍しくない。教師という人種をよく表している」

肯定的なコメントだ。これが正解かと思いかけたところで、彼が首を振った。

「でも、残念ながら違うと思う。教師説が正しければ、女性は生徒を監視しなければならない。生徒が本当に悪さをやめるのか。他人の動向に注意を払っていたら、警察官がその様子に気づくだろう。優雅に自分一人の休暇を楽しんでいるようには見えない」

「あ……」わたしは口を開けた。言われてみれば、そのとおりだ。

「でも、目立つことが目的だったというのは、悪いアイデアじゃないな」

大迫さんも感心した声で言ってくれた。

「じゃあ、逆パターンはどうだろう。女性は生徒という年齢ではないけれど、社会人としては若い部類に属する。女性はブラック企業の社員で、いつも上司にこき使われている。上司がキャンプに行くという話を聞きつけて、自分も同じキャンプ場に行くことにした。しかもスーツ姿で。理由は聖子ちゃんと同じで、上司に見つけてもらうことだ。あんたに遅くまで働かされたから、スーツ姿のまま来ることになったんだというアピールだな。これなら、上司の行動を監視する必要はない。優雅にキャンプ生活を過ごしても大丈夫だ。目的は、上司に嫌な気分になってもらうことだから」

思わず「おおっ」と声を上げてしまった。わたしの説にあった、他人を気にしなければならないという弱点が克服されているからだ。

しかし彼は薄く笑った。

「休み明けに、その女性はどんな目に遭ったんでしょうね」

大迫さんが言葉に詰まる。「辞めるつもりだったとか」

「それなら、すぐに縁が切れる上司に嫌がらせなんてしないでしょう。そもそも、嫌いな上司に、わざわざ自分から近づきたがりませんよ。しかも休日に」

「……そのとおりだな」

大迫さんが黙ったので、またわたしが口を開いた。

「目立つのが目的という観点が正しければ、目印ってことも考えられますね」

態勢を立て直した大迫さんがこちらを向く。「目印というと？」

「知らない人と待ち合わせしていたとか。おそらくそのキャンプ場に、スーツを着たキャンパーは女性一人だったでしょう。探す方からすれば、間違えようがありません。女性の方も、相手が来るのを待つだけでいいから、特段周囲を気にする必要もないですし」

予想外の意見だったのか、大迫さんがまた黙った。

「でも、女性は誰とも合流しなかったようだ」

「すっぽかされたのかもしれません。あるいは、警察官の人たちが帰った後に待ち人がやってきたか」

我ながら説得力のある答と思ったけれど、大迫さんは難しい顔をした。

「いや、それなら待ち合わせしてから、ずいぶんと長い時間、待ち人が来なかったことになる。最初は自分の時間を過ごしていても、次第に相手が来ないことが気になってくるだろう。ずっと悠然とはしていられない」

「はじめから、翌日に待ち人が来ることになっていたとか……」

「それなら前日はラフな服装で過ごして、相手が来るタイミングで着替えただろうね。スーツを無駄に汚す必要はない」

またしても粉砕されてしまった。

さすがに、想像もネタ切れだ。彼に顔を向ける。彼はミートパイを噛り、赤ワインを飲んでいた。

わたしの視線に気づいたのか、彼はフォークを持つ手を止めて、こちらを見た。

「スーツ姿でキャンプ場にやってきた女性」

静かに口を開く。

「一見奇妙な格好でも、本人は楽しんでいたようだ。それはいいことだ。後は――」

彼はワイングラスを見つめて続けた。

「前向きに生きてくれるのを望むのみだね」


個室は沈黙に包まれた。

大迫さんもわたしも、言うべき言葉が見つからず、ただ黙っていた。彼一人が、料理を食べ、ニュージーランドのワインを飲んでいた。

「——どういうことだい?」

大迫さんが沈黙を破った。

「どうもこうも」彼がミートパイを飲み込んで答える。「スーツ姿でキャンプに行くなんてことはやめて、前向きに生きてほしいってことです」

それじゃあ、そのまんまだ。わたしが文句を言うと、彼は「ごめん、ごめん」と熱のない口調で謝った。

大迫さんがため息をついた。「聞こうか」

「聞こうかと言われましても」彼が頭をかこうとして、食事の場所であることを思いだしたか、手を止めた。

「ほとんど聖子ちゃんが言ってくれましたよ」

「ええっ?」思わず変な声が出た。「片っ端から否定したじゃないですか」

口を尖らせての抗議に、彼は困った顔をした。そして考えをまとめるように、少しの間宙を睨んだ。視線を戻す。

「聖子ちゃんが指摘しましたよね。キャンプ場でスーツを着るのは、合理性はあったとしても、気分の問題で抵抗があるはずだと」

確かに、そのようなことを言った。

「聖子ちゃんは、キャンプ場でスーツを着ることとの気分的な抵抗について、三つの点を挙げていました。ひとつ目は、仕事の服装だとくつろげないこと。ふたつ目は、汚れたり破れたりすること。そして三つ目は、他人の目が気になって落ち着かないこと」

そのとおりだ。

「ポイントを突いた、見事な論点整理だと思います。ここで聖子ちゃんは、自分が最も気にすることとして、他人の目を挙げました。そこから、悪目立ちする行為なのだから、むしろ目立つことが目的なのだと発想しました。非常に面白い考えです。特に、教師に思い至った想像力は、たいしたものです」

否定された考えだから、誉められても嬉しくない。でも彼は、別に嫌みを口にしたわけではないようだ。

「先ほど言及された、気分の問題。聖子ちゃんの仮説だと、先生は半ば仕事で来ているのだから、くつろげなくても問題ありません。生徒のためだから、スーツが汚れることも厭わない。そして目立つことで目的が達せられる。すべてのポイントをクリアしています。唯一、警察官の方の印象を除けば」

「女性は、悠然と一人の時間を楽しんでいるように見えた」

大迫さんが言い添える。彼はうなずいた。

「そうです。大迫さんの上司への嫌がらせ説も、聖子ちゃんの待ち合わせ説も、すべて警察官の印象と違うことで、真相ではないだろうという結論に至っています」

彼はワイングラスを取り上げて、ひと口飲んだ。

「僕は、この警察官の人の印象が、とても大事だと考えています。警察官の観察眼は、鋭いものがあるでしょう。スーツ姿が犯罪の予兆とは思わなくても、気になったら警察官の視点で観察するものだからです。その結果、単に楽しんでいるだけという判断をしたのなら、それは正しい結論だと思います。ですから、僕はここを起点にしました」

ワイングラスを置く。

「警察官の方の印象を信じるなら、女性は楽しんでいたんです。仕事の服を着てもくつろげたし、汚れることは問題にならなかった。一人だけ場違いな格好でいても、他人の目を気にすることなく楽しめた」

彼は再びわたしたちを見た。

「『なぜ女性はスーツを着なければならなかったのか』ではなく『なぜ女性はスーツを着ても楽しめたのか』を考えるべきだ。そう思いました。前者を考えた聖子ちゃんは、気分の問題を解決する方法として、理由を外部に求めました。先生にとっては、生徒ですよね。後者を考えた僕は、外部という視点を捨てました。外部を気にしていたら、どうしても楽しめないからです。女性は、自分自身しか見ていなかった。だから、周囲から奇異な目で見られるスーツ姿にも、抵抗がなかった」

「君の言うとおりだと思うよ」納得半分、といった口調で、大迫さんがコメントした。「だとすると、女性はスーツ姿でキャンプをするという、特異な趣味の持ち主だったということかな?」

彼がまた困った顔をした。「それに近いんですが」

「ええっ?」また変な声が出た。結論は、それ?

しかし彼の話には、続きがあった。

「スーツを着てキャンプをすれば、汚れる。容易に想像がつきますし、実際にそうだったようです。それなのに楽しそうだったという話を聞いて、連想したことがあります。どろんこ祭です」

彼が何を言いたいのかはわからないけれど、連想の内容はわかる。

「どろんこ祭は、汚れることを楽しむ……」

正しい答だったようで、彼は満足そうな顔をした。

「そう。本来汚してはいけないスーツを汚してしまった。けれどそれが許されたなら、汚すことが楽しくなって、さらに汚そうとする。人間には、そんな心理が働くものだ。女性も同様だった」

「すると、こういうことかい?」大迫さんが口を挟んだ。「元々は、女性はスーツ姿でキャンプ場に来たかったわけではなかったと」

彼の答はシンプルだった。「はい。そう思います」

「そんなはず、ありません」わたしは反論した。「それって、最初の方に否定されたじゃありませんか。会社からそのままキャンプ場に行くつもりだったら、着替えを用意するはずです。一度家に帰るつもりだったのに帰る時間的余裕がないって話も、待ち合わせのないソロキャンプだったという事実から否定されました」

「否定されたね」彼は当然のように肯定した。そして首を振る。「今回のことなら」

今回？　彼があえて今回と言ったということは、前回があったということなのか。答が見えかけた。しかし、まだ見えない。だから見えかけたおぼろげな輪郭を口にした。

「女性は過去に、待ち合わせのために、スーツのままキャンプ場に行ったことがあった？」

彼は笑みを浮かべて首肯した。寂しげな笑み。

「そう考えれば、筋が通るんだ。女性は仕事が終わってから、誰かとキャンプに行く計画を立てていた。大迫さんが言及したように、一度家に帰って、着替えてから出るつもりだった。でも仕事が押してしまって、家に戻っていては待ち合わせ時刻に間に合わない。仕方がないから、スーツ姿のまま行った。これは想像だけど、待ち合わせ場所はキャンプ場の最寄り駅だったのかもしれない。会社や自宅の近くだったら、あらためて着替えに戻れるはずだから。キャンプ場を挟んだ反対側に住んでいる相手なら、当然の選択だ」

想像してみる。スーツを着たまま、郊外行きの電車に揺られる女性の姿を。寂しそうで、同時に楽しそうでもあった。

「待ち合わせ相手は驚いただろう。これからキャンプに行こうというのに、スーツ姿なんだからね。ともかく、キャンプ道具は全部車に積んであるから、身ひとつで来てくれても問題ないと言えば問題ない。キャンプ場のあるような場所は基本的に田舎だから、夜遅くまでやっている衣料品店もない。女性はスーツを着たままキャンプすることになった」

「それが、楽しかった……」

わたしのつぶやきに、彼は目で同意を示した。

「さっき話した、本来汚してはいけない服を汚したら、楽しくなってもっと汚すというパターンだね。ただでさえ非日常的なキャンプだ。そこに輪をかけて変わったことをしたんだから、より思い出に残るだろう。一人だったら、こうはいかない。スーツ姿の自分を面白がってくれて、しかもスーツを汚しても許容してくれる同伴者の存在があってこそだ」

大迫さんがまたため息をついた。「恋人だったか」

「そうかもしれません」彼もまた、ため息のような口調だった。

「スーツ姿でキャンプしたという楽しい思い出を持つ女性。その女性が、ソロキャンプのときもスーツを着ている。どういうことなんでしょうか」

「別れた?」

語尾は質問だったけれど、実質は確認だ。彼に代わって大迫さんが答えてくれた。「ただの別れじゃないだろうね。普通に別れたのなら、新しい恋人を見つけるだけの話だ。独りになっても思い出を再現する必要はない」

大迫さんは、そこまでしか言わなかった。続きは聞かなくてもわかる。恋人の男性は、亡くなったのだろう。

「女性は、恋人の記憶を抱いてキャンプに行きました。楽しい思い出を再現するために、スーツ姿で。一人ではありますが、女性にとっては恋人と二人です。だから、他人の目を気にすることなく楽しめたんですね」

「楽しいかもしれない」大迫さんが頭を振った。「でもそれは、過去に向かった楽しみだ。いつまでもやっていいことじゃない。だから前向きに生きろと言ったんだな」

彼がワイングラスを取った。「お節介な話ですが」

個室にまた沈黙が落ちた。

目頭が熱くなった。死んでしまった恋人との思い出を再現するために、スーツ姿でキャンプに行くという奇妙な行動を取ってしまう女性。いったい、どれほどの愛がそれを可能にするのか。若輩者のわたしにはわからない。ただ、この涙は憐れみからではない。わたしがまだ知らない、愛の深さに対する感動からだ。人はそれほど人を愛することができるのか。

おしぼりで目の周りを拭いて、わたしは顔を上げた。

「その人は、幸せになれるでしょうか」

しかし彼は素っ気なかった。

「幸せっていうだけなら、今だって幸せだと思うよ。でも聖子ちゃんが言いたいのは、もっと世俗的な幸せのことだね」

「はい」

「やれやれ」大迫さんがワインを飲んで息をついた。「あいつには、今度その女性を見かけたら、声をかけるように言っておくか」

彼は笑った。空になったワイングラスを置く。

「女性につき合って、警察官の制服で行かなければいいんですが」

安住の地

「せーんせー！　長堀せんせーっ！」

　廊下から、生徒たちが呼びかけてきた。大げさに手を振る。数学教師の長堀舞華が立ち上がる。

「何？」

「ここ、教えてっ！」

　開いたテキストを指し示す。中間テストが近いから、質問に来たのだ。

　どれどれと長堀舞華が生徒に近寄った。低いキャビネットの上に教科書とノートを置いて、解法のポイントを教え始めた。

　聖ブリジッタ女子高校は職員室と廊下の間に壁がなく、低いキャビネットが置いてあるだけだ。そしてキャビネットの上を、勉強を教える即席の机として使用している。伝統ある校舎――単に古いともいう――だけれど、工夫して使い勝手をよくしているのだ。

　教頭の赤岩章仁は、その様子をにこにこしながら眺めていた。

　聖ブリジッタ女子高校は、県内でも高偏差値の学校として知られている。一流大学の理系学部に進学する生徒も少なくないから、数学教師も高い能力が求められる。

その点、長堀舞華は心配ない。彼女は元々この学校の生徒だった。難関大学の教育学部を出て、母校に教師として戻ってきたのだ。今は持ち前の熱意と優秀さから、生徒たちに慕われている。

それを赤岩は我がことのように喜んだ。何を隠そう、彼女は赤岩がクラス担任をやっていた頃の教え子なのだ。

「ありがとうございましたーっ」

生徒が礼を言って職員室を去っていく。席に戻った長堀舞華に、今度は学年主任の武部輝子(たけべてるこ)が声をかけてきた。

「何でしょう」

長堀舞華がまた立ち上がる。武部輝子は、保守的な我が校を象徴するかのような硬い表情で答えた。「来年のセントパトリックスデーなんだけど、事務局に入ってもらいたいの」

やれやれ。休む暇もない。

とはいえ、今年のセントパトリックスデーでは、あんな事故が起きた。彼女のような有能な人物が事務局を務めてくれたら、こちらとしては安心だ。

ただ、少しがんばりすぎだ。もっと気を抜くことを憶えてもらわないと。

赤岩は担任時代の気持ちで元教え子を心配していた。

＊＊＊

待ち合わせ場所は、新宿駅東口にある書店だ。

学生時代はともかく、現在の職場からは多少時間がかかる。だから集合時刻を午後七時半にしてもらった。それならば、残業しなければ無理なく間に合う。今日も、無事に一階の雑誌売り場に到着した。

一階にある、アウトドア雑誌コーナーに移動する。書店を待ち合わせ場所にすると、間違いがなくていい。何の本を売っている場所かを決めておけば、会えないということがないからだ。その意味では、スーパーマーケットのきのこ売り場でもいいわけだけれど、書店は待っている間、本を見ていられるというメリットがある。きのこでは、こうはいかない。

新作キャンプ用品を特集した雑誌をめくっていたら、背後から声がかかった。「お疲れさま」

振り向くと、大迫さんが立っていた。

「お疲れさまです」

ぺこりと頭を下げた。この人にはじめて会ったのは小学六年生のときだけれど、そのときと印象があまり変わっていない。もちろん年齢相応に老けているし、髪も白いものが目立つようになった。それでも活き活きとした表情が、年齢を感じさせない。

大迫さんは親指で背後を指し示した。「彼はレジにいるよ」

大迫さんの肩越しにレジを確認すると、彼が会計の列に並んでいるのが見えた。彼が支払いを済ませるのを待って、出入口で合流した。三人で書店を出る。

「今日は、どうする?」

大迫さんが訊いてきた。どのようなジャンルの料理を食べたいかという質問だ。わたしは少し考えてから答える。「中華以外なら、何でも」

大迫さんが目を大きくした。「それはまた、微妙な指定だね」

中華料理は嫌いなんだっけ、と続ける。わたしはぱたぱたと手を振った。「そういうわけじゃありません。ついこの前、同僚と横浜の中華街に行ったんです。そこで、お腹が張り裂けるくらい中華を食べたんで、今日はよそうかと」

「なるほど」彼が納得したようにうなずく。「中華はこってりしてますから、あっさりめがいいですかね。魚介系とか」

「そうだな」大迫さんが宙を睨んで記憶を探った。すぐに視線を戻す。「魚介なら、焼津の魚を食わせる店があったたな」

言いながら魔法の携帯電話を取り出す。ボタンをプッシュして耳に当てる。短いやりとりの後、電話を切った。

「取れたよ。ここからなら歩いて七、八分だ」

八分など、距離のうちにも入らない。あっという間に店に到着した。看板には、確かに「焼津」と書かれている。焼津港といえば、全国にその名を轟かせる漁港だ。そこで獲れた魚介をすぐに運んでいるのなら、まずいわけがない。期待が高まる。

大迫さんは店員さんに名前を告げて、奥の個室に案内してもらった。掘りごたつ式の席だ。

手書きの本日のおすすめから、鰹（かつお）の刺身と金目鯛の干物、黒はんぺんのフライを注文した。もちろんビールも。ほとんど待つことなく、まずビールが届いた。瓶ビールとグラスが三つ。お互いにビールを注ぎ合い、軽くグラスを触れ合わせた。

ビールをひと口飲む。仕事を終えてすぐにやってきたから、喉が渇いている。三月上旬ではまだ寒さは残るけれど、やっぱりビールはおいしい。

同じように最初のひと口を楽しんだ彼が、わたしを見た。

「就職してもうすぐ一年になるけど、調子はどう？」

「はい」わたしは大げさに拳で自分の胸を叩いた。「バッチリです」

「そりゃよかった」大迫さんが親戚のおじさんの顔で言った。「横浜には土地勘がないと聞いていたから、ちょっと心配してたんだ。好スタートを切れてよかった」

警視庁幹部の大迫さん。会社員の彼。そして新人公務員のわたし——玉城聖子がこうして飲みに行くのには、ちょっとした事情がある。わたしたちは、二十年以上前に発生したハイジャック事件の関係者なのだ。

ハイジャック犯に占拠された機内で、乳児だったわたしは、犯人にナイフを突きつけられていたそうだ。空港警備のアドバイザーとして沖縄に来ていた大迫さんは、沖縄県警と共に管制室で事件の解決に当たっていた。そして乗客だった彼は、見ず知らずのわたしを助けるために、犯人と必死の交渉をしていたと聞いている。

　ハイジャック事件は大事件だと思うけれど、わたしにとってはその後が問題だった。事件を引きずって家庭は荒み、父は酒に溺れて早死にした。わたしは中学高校大学と授業料免除の特待生制度のある学校で学び、それなりの苦労はあったけれど、昨年めでたく横浜市役所に就職できた。

「正直、横浜のことはまったく知らなかったんですけど」ビールをもうひと口飲んで、口を開く。「相当な大都市だったんですね。為替レートによりますけど、市内総生産を外国のＧＤＰと比較すると、六十位くらいですから。国連加盟国の上位三分の一に入ります」

「そんなに大きかったんだ」彼が感心したような顔をした。「それなら安心だね。小さな自治体だと、財政破綻の心配もあるから」

「そうなんですよ」わたしはわざとらしく安堵の表情を浮かべた。「安定志向で公務員を目指したわたしとしては、大成功です」

　我が家は貧困家庭というほどではなくても、生活にゆとりがあるわけではなかった。だから自然と倒産のリスクがある民間企業ではなく、財政の安定した大都市の公務員を志望したのだ。努力した結果が横浜市なのだから、望みどおりの結果を得られたと思っている。

「そうはいっても」わたしは表情を戻した。「一応、気をつけてはいます。就職はゴールじゃなくてスタートですから。安定した公務員になれたから、後はなあなあで気楽に生きていくってわけにもいきません。手を抜いてもクビにはならないでしょうけど、気を緩めずにがんばらないと」

「いい心がけだ」大迫さんがうなずく。「でも、がんばりすぎるのもよくない。適度に手を抜くことも大切だよ」

そこまで言った大迫さんが、何かに気づいたように目を見開いた。そのまま宙を睨む。

「どうしました？」

彼が尋ねて、大迫さんが視線を戻した。

「いやね。がんばりすぎた人の話を、最近聞いたのを思い出したんだ」

彼が身を乗り出した。「大迫さんが思い出したってことは、事件に関係してるんですか？」

「事件というほどのことでもない。少なくとも、仕事で聞いた話じゃないよ」

大迫さんがそこまで言ったときに、ノックの音が聞こえた。ドアが開いて、料理が運ばれてきた。

「うちのバカ息子が、嫁さんをもらった話はしたっけ」

料理を運んできた店員さんが去ると、大迫さんはそう切り出した。彼がうなずく。

「聞いてます。職場結婚でしたっけ」

「そう。あんなバカ者のところによく来てくれたと、感謝することしきりなんだけどね」

わたしも、大迫さんの息子さんのことは、以前の飲み会で聞いている。東京大学から大手航空会社に就職して、今は経営企画室に勤務しているとのことだった。

『あらゆる業種の中で、最も経営が難しいのは航空会社だ。だから航空会社で経営を学んで、プロの経営者になりたい』

　息子さんが航空会社を選択したのは、そんな理由なのだそうだ。ひたすら小市民的な安定を求めたわたしとは、志が根本的に違う。大迫さんは謙遜しているけれど、バカ者とは対極にある人物だと思う。

　そしてそんな息子さんが選んだ以上、奥さんも優れた人物なのだろう。そう思ったら、案の定、大迫さんの嫁自慢が始まった。

「嫁さん――義理の娘になるんだけど、相当な才媛でね。神奈川県内の女子校から私立の難関大学に進学して、そこから航空会社に入社した。今は八千人近くいる客室乗務員の勤務シフトを組むという、くらくらするような業務をこなしている。その嫁さんが、母校のことを話してくれたんだ」

　大迫さんは彼を見た。

「君は、聖ブリジッタ女子高校を知ってるかい？」

「ええ」彼が懐かしそうに笑った。「中高一貫校ですね。娘の中学受験のときに、学校説明会に行きました。生徒さんの態度というか立ち振る舞いが素晴らしかったのを憶えています。伝統校らしい、とても雰囲気のいい学校でした」

　偏差値がずっと上でしたから、結局志望校にならなかったんですけど――彼はそう付け加えた。

　大迫さんは、今度はわたしを見る。「聖ブリジッタ女子高校は、横浜市にある私立校でね。石川町駅近くの高台には、女子校が集まっているエリアがあるんだけど、その一角にある進学校だ。私立がほとんどらしいけど、大学の進学実績もいい」

いくら横浜市の職員とはいえ、市内の学校に詳しいわけではない。はじめて聞く名前だった。

「『聖』が付くってことは、キリスト教系の学校ですか」

うちの大学にも、キリスト教系の学校を出た学生は何人もいた。だからといって特段上品とかお嬢様お坊ちゃまというわけでもなく、ごく普通の学生たちだった。

「そう。カトリック系の学校だ。カトリック系といえば管理型の学校が多いというイメージどおり、聖ブリジッタは保守的な校風で知られている。実際に校則は厳しかったけれど、息苦しいほどではなくて、楽しい学校生活だったということだ。校舎が古いから、夏暑くて冬寒いのが難点だったけど。息子の嫁さんが話してくれたのは、そんな環境で席を並べた同級生のことだった」

いったん話を止めて、鰹の刺身をつまむ。最年長の自分が食べないと、みんな食べづらいだろうという配慮だ。わたしも倣って、ひと切れ取った。鰹は旬が始まったばかりと、お勧めメニューに書いてあった。そのためか、艶が素晴らしい。

「同じ鰹でも、たたきだと薬味てんこ盛りで食べるけど、刺身だとシンプルな方がおいしいんだ。この店では、ワサビ醬油とショウガ醬油を勧めている」

勧めに従って、まずはショウガ醬油を試してみる。ねっとりとした食感と濃厚な身の味が、ショウガの香りと刺激でさっぱりと食べられた。これは確かに合う。

鰹の刺身を堪能した大迫さんが、話を再開した。

「女子校特有なのかどうか知らないけど、卒業生が教師となって戻ってくるパターンは、けっこう多いらしい。嫁さんの同級生も、大学の教育学部を出て、母校に職を得た。希望した結果だからめでたいことなんだけど、本人には不安もあったらしい」

「不安といいますと？」

希望が叶ったのなら、いいではないか。わたしの問いに、大迫さんは小さな笑みで答えた。

「聖子ちゃんと一緒だよ。自分が就職をゴールと考えてしまって、その後の人生を怠惰に生きてしまうことを恐れたんだ」

「教職で、怠惰ですか？」彼が訝しげな顔をした。「それどころじゃない仕事でしょうに」

大迫さんは一度うなずき、続いて首を振った。

「教職が毎日大変な仕事であることはわかっている。でも、もっと根本的なところで、自分はぬるま湯に浸かるんじゃないか。そう考えたということだ」

「根本的」わたしは繰り返す。意味がわからない。

大迫さんはまたひとつうなずいた。丁寧に説明してくれるつもりらしい。

「人間、それも未成熟な子供を相手にする以上、大変な仕事には違いない。でも、聖ブリジッタ女子高校という偏差値の高い、しかも校則の厳しい学校だ。厳しい校則だとわかっていて入学してくる優等生ばかりだから、いわゆる問題児はいない。自分もかつて生徒だったわけだから、生徒の気質はわかっている。保守的な校風だから、教員の間にも、新しいことにチャレンジする雰囲気がない。古い校舎も、建て替えの話が出ては反対に遭って消えてを繰り返しているから、建て替えに関連する面倒ごともない。保護者の気を引くような最新の教育理論なんてものもないから、志望者は微減していても、伝統校の強みで底堅い人気がある。こうやれば無難にこなせる、ということがわかるんだ。しかも私立校には転勤がないから、一度入ってしまうと、基本的に定年退職までいられる。いってみれば、制御可能な大変さ。少なくとも同級生さんは、そう考えていた。だから思考停止になって退嬰的になっていくんじゃないかと心配した。そういうことだよ」

「……」

わたしはすぐに返事ができなかった。わたしが公務員になったときに考えたことと、かなり近い考えだったからだ。

考えてみれば、そうかもしれない。学校は、役所よりもずっと閉鎖された空間だ。閉鎖空間では、どうしても周囲の空気に染まってしまう。

現在交際している男性を思い出す。彼もまた、私立大学に強い進学校出身だった。「最初は国立を目指してた奴も、周りがみんな受験科目の少ない私立を目指すから、流されて私立に行ってた」と話していた。環境というのは、どうしても中にいる人間に影響を与えるのだ。生徒にも、先生にも。

「大変だけど、温室の中で花を育てる大変さですか。寒風が吹きつける外ではなく」

「いい表現だ」大迫さんがにっこりと笑う。「まさしく、そんな感じだね。同級生さんは言葉どおりにだらけることなく、授業に部活にとしっかり働いた。なかでも特に力を入れていたのは、学校行事だ。この学校には、ちょっと変わった特徴があってね。セントパトリックスデーを祝う行事があるんだ」

「ほほう」彼が唇をOの字にした。「キリスト教の聖人パトリックにちなんだお祭りでしたっけ。緑色のものを身に着けてパレードするっていう。確か、三月十七日だったかな」

「よく知ってるね」

「知り合いに、アイルランドに住んでた人がいるんです。勤務先の研究所がダブリンにあって、数年間赴任していた人が。その人から聞きました」

「なるほど」大迫さんが納得いったという顔をした。「今は日本を含めて世界中で行われてるお祭りだけど、元々はアイルランド発祥だからね。聖ブリジッタ女子高校は学校のイメージカラーがグリーンで、制服のセーラー服もリボンが深緑色になっている。カトリックということもあって、セントパトリックスデーと相性がいいんだろうな。三月十七日の直前の週末に卒業生たちが集まって、ちょっとしたお祭りをやっているらしい。直前の週末だから、今年は明後日か」

「三月中旬といえば」彼が後を引き取る。「私立なら大学受験も終わってるし、在校生も期末試験を終えていて、春休みを待つばかりというタイミングです。イベントを開催しやすい時期ですね」

　確かにそのとおりだ。わたしが話を引き継ぐ。

「卒業生の人たちにとっては、お祭りに名を借りた同窓会っていう位置づけなんでしょうね。いつやるかは決まっているから、スケジュールを合わせやすいですし。伝統行事として長続きするのもわかります」

「そういうことだ。伝統校の特徴のひとつに、同窓会の影響力が強いというのがあるけど、聖ブリジッタ女子高校もそうだった。卒業してからも毎年のように母校に集っているのなら、合点がいく。学校側も、社会で活躍する卒業生に講演してもらったり、勤務している会社を見学させてもらったりしてるから、同窓会との関係が深いのは大歓迎だ。そうしたこともあって、卒業生たちは勝手知ったる母校で、羽目を外した大騒ぎをするそうだ。それも伝統だな」

彼が薄く笑った。「羽目を外すといっても、校内で酒を飲むわけではないでしょう」

大迫さんも笑顔で返す。「酒を飲まないとはしゃげないというのは、我々おっさんの思い込みだよ。学生時代の思い出に酔って騒ぐことだってある」

おお、詩人だ——と思って聞いていたら、大迫さんが表情を戻した。

「酒だろうが思い出だろうが、酔っ払う弊害というのは、やっぱりあってね。去年のセントパトリックスデーで、はしゃぎすぎて怪我をした卒業生がいたそうだ」

「はしゃいで怪我ですか」

話を聞くかぎり、聖ブリジッタ女子高校はお嬢様学校なのだろう。怪我をするほど、はしゃぐイメージがない。わたしがそう指摘すると、大迫さんはまた笑顔になった。

「確かにお嬢様かもしれないけれど、廊下を走って追いかけっこくらいする。怪我をした卒業生は、医学部に進学して、現在は大学病院に勤務しているエリートだ。卒業生の中でも最大級の成功を収めた人物なのに、高校時代のように旧友と校内を走り回っていたそうだ。そうしたら、石畳で転倒した」

「昔の気分で走ったけど、歳のせいで足がついてこなかったと」

男性は言いにくいだろうから、わたしがずばりと言ってやった。大迫さんが苦笑する。

「そういう面もあるかもしれないけどね。直接の原因ははっきりしていた。さっき、校舎が古いという話をしただろう。老朽化で、石畳の石が一部浮いてぐらぐらしていた。その卒業生は、浮いた石を踏んで、バランスを崩したんだ。足首を捻挫して、転倒した際にあちこち打ち身になった」

「その程度で済んでよかったですね」彼が真面目な顔でコメントした。「転び方によっては、骨折したり頭を打っていてもおかしくない展開です」

「まったくそのとおりだ。笑い話で終わる程度の怪我ではあったけど、学校側としては対応しなければならない。ぐらぐらしている敷石を固定し直して、卒業生たちにはセントパトリックスデーで校内を走らないよう通達を出した」

いかにも管理型の学校らしい対応だ。必要最小限の対策をして、後は生徒——元生徒を含む——の行動を縛ることで解決しようとしている。そう思っていたら、話には続きがあった。

「学校側はそれでこと足れりと考えたようだけれど、同級生さんは違った。自分たちは今の校舎に慣れているから目に入っていないけれど、他にも同じように破損している箇所があるはずだ。学校中の石畳を確認しなければいけないと主張した」

「当然ですね」

本当にそう思ったから口にしたが、大迫さんは渋い顔を返してきた。

「当然だと思う。でも、ここが保守的な学校の悪いところでね。事故のあった場所は補修したし、参加者はもう校内を走らない。だから同じ事故は発生しないという理屈で、学校としてはそれ以上の対策を取らないことにした」

「ええーっ？」

「そうですね」

わたしの不満と彼の肯定が重なった。思わず非難の視線を向ける。彼は動じることなく、大迫さんを見た。

「同級生さんの提案は、いつ頃のことだったんですか？」

大迫さんはその質問が来ることを予想していたらしく、すぐに答えた。

「二月に入ってからということだった」

「やっぱり」彼は自分にするようにうなずいて、ビールを飲んだ。わたしに視線を戻す。

「一月から三月中旬までは、学校が一年のうちで最もピリピリする時期だよ。一月に共通テストがあって、二月は私大の入試本番なんだからね。三年生だけじゃない。在校生も学年によっては研修旅行があったりするし、そうでなくても二月末から三月にかけては期末テストがある。期末テストの採点が終わったら、とどめは成績会議だ。のんびり地面を見ながら散歩する余裕はない」

「それはそうかもしれませんけど」反論できない説明をされても、わたしはまだ不満だった。

「イベントを開催しやすい時期だって言ったじゃないですか」

「言ったよ」彼はあっさりと答える。「手が空くのは、それらすべての大事が終わった、三月中旬だ。セントパトリックスデーの直前だね。お祭りの準備をするのは、それからだ。たぶん、準備にかけられるのは二日か、せいぜい三日。その程度の準備で開催できる構成にしているはずだ。逆に言えば、その短い期間は準備に忙殺される。やっぱり地面を眺めるゆとりはない」

「……」

わたしは反論する代わりに下唇を突き出して、不支持を表明した。「じゃあ、放置ですか」

「さあ?」彼は無責任に言った。「それは、今から大迫さんが説明してくれると思うよ」

「あっ」ぶん、と音を立てて大迫さんの方を向いた。そう言われればそうだ。まだ、話の途中だった。

わたしたちが話をしている隙に金目鯛をつついていた大迫さんが、箸を置いた。

「君の言うとおり、とても身動きが取れる時期じゃなかった。それ以上の対策を取らないというのも、深く考えた結果というよりも、忙しい時期に唐突に出た話だから、軽くいなしたというところだろう。同級生さんも、忙しい時期というのはわかっている。けれど気になる。仕方がないから自分一人で動くことにした」

「一人で見て回ったんですか?」

わたしの質問に、大迫さんは、まるでわたしがそうしたように困った表情を向けてきた。

「同級生さんは三年生を担当していたわけじゃなかったけど、さっき彼が指摘したように、どの学年も慌(あわ)ただしい。仕事が終わるのは夜も遅くなってからだ。同級生さんは、同僚が帰宅した後に一人残って、懐中電灯片手に石畳を見て回ったんだ。そしてぐらついている場所を見つけたら、ガムテープを×印に貼って、通りがかった人間が踏まないようにする。仕事で疲れた身体に鞭打って、暗い中、懐中電灯の光だけで石畳の状態を確認するわけだ。相当大変だったと思う」

その光景を想像する。二月から三月にかけてだと、夜はかなり冷え込む。そんな中、たった一人で地面の敷石をひとつひとつ確認する。なんて孤独で辛い作業なのだろう。

「登校してガムテープを見つけた教頭が、事情を察した。さすがに働きすぎだと思って、同級生さんに『そんなことはしなくていいから、夜は休息を取りなさい』と諭したそうだ。でも同級生さんはいうことを聞かなかった。セントパトリックスデーの事務局を務めていることもあって、責任感が勝ったんだろうな。学校中の石畳を見て回って、傷んだ箇所をすべて見つけた。すぐに補修できなくても、ガムテープで注意喚起できたから、去年のような事故は起きないだろう」

「すごいですね」平板な声で彼がコメントした。「凄絶な努力と引き換えにですけど」

彼の言いたいことが想像できた。わたしが続きを言った。「代償を払ったんですね」

「そういうことだ」大迫さんが顔をしかめる。「忙しくて寒い時期に無理を重ねていた。その結果、目的を達成できて、気が緩んだんだろうな。成績会議が終わった途端に、倒れて病院に担ぎ込まれた。医師の診断では、過労。入院して点滴を受けて、退院してもしばらく自宅で静養するように厳命された。今も自宅で横になっているとのことだから、今週末のセントパトリックスデーには出られない」

「そんなにがんばったのに、肝心のイベントに出られないんですか」

それはさすがに気の毒だ。大迫さんも首肯した。

「自宅でじっとしていると、さすがに暇らしくてね。同窓生で作っているＳＮＳで現状を伝えてきたから、息子の嫁さんが仕事帰りに旧友の家まで見舞いに行って、顚末を聞いてきたんだ」

大迫さんはビールを飲んだ。

「これはちょっと極端な例だけどね。聖子ちゃんもがんばるのはそこそこにして、あくまで緩みすぎないように気をつける程度に留めておいた方がいい」

「そんなにがんばりませんって」わたしはぱたぱたと手を振る。「そこまで仕事に執念を燃やしているわけじゃありませんし」

「そうだね」彼もビールを飲んだ。そしてグラスを見つめながら続ける。

「同級生さんも、早く学校の雰囲気に馴染めばよかったのに」


個室に沈黙が落ちた。

大迫さんもわたしも言うべき言葉が見つからず、ただ黙っていた。彼一人だけが、黒はんぺんのフライを齧って、ビールを飲んでいた。

「どういうことだい？」

大迫さんが沈黙を破った。

「どうもこうも」彼が箸を止める。「同級生さんが自分で表現していた、ぬるま湯の環境に慣れきってしまえば、面倒なことにならなかった。そうでしょう？」

「そうですけど」応えはしたけれど、彼の真意がわからない。「確かに、他の先生たちと同じになってしまえば、一人で夜中に歩き回ることはなかったでしょうけど」

大迫さんがため息をついた。「聞こうか」

彼は人差し指で頰を搔いた。「それほど、たいそうなことを考えたわけじゃないんですけど」

そして考えをまとめるように、少しの間宙を睨んだ。

「気になることが、三つあるんです」

視線を戻して、そう切り出した。

「傷んだ石畳を踏んで、卒業生が怪我をした。だから他の石畳も調べて同じ事故が起きないようにしよう。その考え自体はいいんです。大迫さんも、聖子ちゃんも当然だと言っていましたし」

確かに、そう言った。わたしたちが思い出したことを確認してから、彼は話を続ける。

「考えは正しい。行事の事務局として、確認を提案するのも正しい行動です。ここで、気になることのひとつ目」

彼は大迫さんとわたしを等分に見た。

「どうして二月に提案したんでしょうか」

「……えっ?」

虚を衝かれたというか、まったく想像していなかった問いかけだった。だから答えられない。

彼は続ける。

「さっきも話したように、二月は大学受験の佳境です。聖ブリジッタ女子高校の生徒は、ほとんど私大に進学するとのことです。三月中旬に学校行事を開催するくらいですから、同じ時期に行われる国公立の後期試験を受験する生徒など、皆無なのでしょう。ということは、私立の受験が集中する二月は、学校にとって最も重要な時期です。そんな時期にお祭りの準備の話をしても、聞き流されるだけです。それがわからない同級生さんとも思えません」

「ちょっとした思いつきだったんじゃないかな」大迫さんが腕組みした。「いくら忙しい時期でも、休憩くらいするだろうし、雑談もするだろう。話しているうちになんとなく思いついて、口にしてみた。そんなところじゃないのかな」

「そんなところだと思います」

彼があっさり肯定した。大迫さんが意外そうに彼を見返す。彼は目を細めた。

「大学受験の話をしていたら、どうしても過去の受験についても話題になります。トップレベルの大学に進学した生徒。第一志望に落ちたけど、入った大学でがんばって一流企業に就職した生徒。海外の大学に進学した生徒。彼女たちの思い出話に花が咲くことは、容易に想像できます。そうなると、医学部に入って大学病院に勤めている卒業生のことは、当然話題に上りますね」

大迫さんが目を見開いた。

「その人は、去年のセントパトリックスデーで、怪我をした。受験からお祭りに、自然と話題が移ることになる」

大迫さんは大きいままの目で彼を見た。「君は、同級生さんが意図して話題を移したと言いたいのか？」

彼の回答は明快だった。「はい」

「で、でも」わたしがつっかえながら反論する。「話題にしても、意味がなかったじゃありませんか。他に傷んだ場所がないか確認する提案をして、一蹴されたわけですから――あっ」

話している間に、彼の考えがわかった気がした。口に出してみる。

「一蹴されるとわかっていて、あえて口にした？」

彼が嬉しそうに笑った。

「そんな気がするんだ。こんなふうに、簡単に思考の流れが想像できる。変な言い方だけど、自然すぎることが、逆に不自然に感じてしまう。前もって準備しておいたんじゃないのか。そこで、気になることのふたつ目。同級生さんは、どうして手が空くタイミングで、もう一度提案しようとしなかったんだろう」

「え、えっと……」

これまた予想外の疑問だ。彼は答を待たずに話を進めた。

「僕はさっき、準備期間が短いから、準備にかかりきりになる。地面を眺めるゆとりはないと言った。でも他の先生方も、頭がお祭りモードになっている。そのタイミングで提案したら、みんな昨年の事故を思い出して、それなら手分けしてざざっと見ようかというふうになっても、おかしくない。同級生さんは、それが想像できなかったんだろうか」

「想像できなかったんだろうな」大迫さんがため息交じりに言った。「だから、夜中に一人で見て回るなんて行為に走った。『自分ががんばらないと』という思い込みが強すぎて、視野が狭くなったのかもしれない」

「そうかもしれません」

彼は肯定しながら否定していた。ビールをひと口飲む。

「同級生さんは、希望どおり母校の教師になることができた。でも、希望が叶ったからこそ自分が安住して退嬰的になるのではないかと心配した」

そのとおりだ。わたしが似たようなことを言ったからこそ、大迫さんが話してくれたのだから。

彼はなぜか悲しそうな目をした。

「いわゆる問題児はいない。生徒の気質はわかっている。新しいことにチャレンジする雰囲気がない。校舎の建て替えに関連する面倒ごともない。最新の教育理論もない。伝統校の強みで底堅い人気がある。そう聞くと、確かに楽な職場に聞こえます。ぬるま湯に浸かっていれば、楽に過ごせる。聖子ちゃんは温室という表現を使いました。言い得て妙ですね。でも――」

彼はまたわたしたちを見た。

「そこは、楽園なんでしょうか」

思わず背筋を伸ばしてしまいそうな、真摯な瞳。

わたしと同じく真剣に考えていた大迫さんが言った。

「違うだろうな」

「伝統校としての価値を磨くことと、伝統にあぐらをかくことは違う。新しいことに取り組まない。最新の教育理論も取り入れない。志望者は微減しているということだった。微減は、急減よりも恐ろしい。たいしたことはないと思っているうちに、いつのまにか取り返しのつかないことになっているからだ」

彼は悲しそうな顔のまま微笑んだ。

「そう思います。私立校には転勤がないから、定年退職までずっといられる。では、その間ずっと志望者が減り続けたら、どうなるでしょう。古いだけの不人気校に成り果ててしまって、安住の地どころではなくなります。同級生さんが恐れたのは、ぬるま湯の環境に染まってしまうこと以上に、終の棲家が壊れていくことだったのかもしれません」

そうか。自分は横浜市の職員だ。街はどんどん変わっていく。新進的な気風もあって、停滞とは無縁の場所だ。自分が恐れたのは、衰退を心配しなくていい安定感に安住してしまうことだった。

しかし学校は違う。閉鎖された空間で同じ価値観を持った人間が固定されると、空気は澱む。自分たちだけが気づかないうちに、坂道を転げ落ちていく。

「同級生さんは、学校の衰退に強い危機感を抱いていた」

彼が表情を戻して話を続ける。

「しかし、彼女は若い。母校なんだから、上司や同僚の中には、かつての恩師もいることでしょう。面と向かってこの学校は危ないと言えるわけがない。どこかから探してきた最新の教育理論を持ち出しても、それこそ一蹴されます。ぬるま湯の環境に染まらないようにがんばりたくても、一人外れたことをやって孤立するわけにはいかない。昔の価値観に基づいた古い教育方針を、自分の力で変えることはできないのです。じりじりした焦りに囚われていたのではないでしょうか。そんなときに、事故が起こった」

「卒業生が、校内で怪我をした……」

　わたしが言い、彼がうなずく。

「そう。原因は老朽化だった。それがわかったとき、天啓が舞い降りた。この学校は、古い校舎を建て替える話が出る度に反対に遭って取りやめになっている。反対したのは、誰だろう」

「同窓会だろうな」大迫さんが答える。「古い校舎を含めての伝統という考え方もある。自分たちの思い出が壊されるのも嫌だし、ピカピカの校舎が学校の雰囲気に馴染まないと考えもするだろう。でも最大の理由は、金だ。校舎を新築するとなると、多額の資金が必要になる。その一部は、卒業生からの寄付でまかなわれる。つまり、卒業生たちは寄付を迫られるわけだ。それを嫌がった同窓会は、学校への強い影響力を活かして建て替え案を潰し続けた」

「そう思います」満点の回答に満足したように、彼は微笑んだ。「校舎の老朽化を放置してきた卒業生が、老朽化した石畳で怪我をした。ざまあみろという感想もあったかもしれませんが、古い施設は人間を傷つけることに気がついたのが大きい。今回は勝手に走り回っての自爆だから、あまり同情されなかった。でも、本人の責任でない状況で卒業生がまた怪我をしたら、どうなるでしょう」

「古い校舎は危ない、ということになりますね」今度はわたしが答える。「卒業生だけじゃありません。卒業生が来るのは年に一回ですけど、在校生は年中いるわけです。彼女たちに危険が及ぶという話に持って行ければ、同窓会が校舎の建て替えを潰すことはできなくなります——あれ？」

話していて、自分がおかしなことを言っていることに気がついた。

「同級生さんは、卒業生がまた怪我をすることがないよう、石畳のチェックを提案して、たった一人で実施しています。矛盾していませんか？」

「そうだね」彼は肯定して、すぐに首を振った。「そこで、さっきの疑問が活きてくる。なぜ二月という、受験以外の何を言っても聞いてもらえないタイミングで提案したのか。なぜ落ち着いた時点であらためて提案しなかったのか。同級生さんは、断られたという実績を作ることで、自分一人だけで作業する正当性を得たんだ」

「自分一人だけで」ますますわからなくなってきた。「どうしてそんなことをするんですか？無理を重ねたせいで、過労で倒れちゃったじゃありませんか」

「そうだね」また肯定の言葉を使って否定した。「そこで最後の気になった点。同級生さんは、怪我の元になった場所以外でも傷んだ石畳がないか確認したということだった。じゃあ、なぜ老朽化したのが石畳だけだと思ったんだろう」

ぞくりとした。疑問の形を取っているけれど、彼の言葉はこれ以上なく不吉な雰囲気をまとっていたからだ。

「そうなんだ。石畳は、実はたいした問題じゃない。おざなりな対応ながら、学校側は卒業生に対して、校内を走るなと通達しているわけだから。むしろ危険は、校舎そのものにある。老朽化した建物が、どんな形で中にいる人間に危害を及ぼすか、誰にもわからない。誰にもわからないということは、どうとでもできるということだ」

大迫さんがため息をついた。

「同級生さんが、細工をしたか……」

彼も息を吐く。

「そう思います。同級生さんは、最悪のタイミングで提案することによって、自分一人で作業する権利を得た。石畳で怪我をした以上、石畳の他の場所もチェックする必要があるというのは、事故が起きた次の瞬間に思いつくことだ。同級生さんは思いつきながら、黙っていた。そして時間的な余裕のある夏休み期間中とかに、こっそり確認して廻った。その結果を、今発見しましたというふうにガムテープで残せばいい。夜中に石畳をチェックしたことにしておいて、実はその間校内を見て回って、自然な形で来場者が被害を受ける準備をしていたんじゃないだろうか。たとえば石像の足元にひびが入っていて、倒れてくる。階段の手すりが破損していて、体重をかけたら崩れて落ちる。わざと目立つように地面にガムテープを貼ることで、危険はそこにしかないと思わせておいて、本当の罠に誘い込む。同級生さんは、寒い夜にそんな仕掛けをしたんじゃないだろうか。二年連続で校舎の老朽化が原因で卒業生が怪我をしたら、さすがに学校も考える。元々、校舎の建て替えの構想はあったんだ。今度は同窓会も反対できない。新しい校舎は、受験生にとって大きな魅力になる。聖ブリジッタ女子高校の志願者は増えるだろう。新しい校舎で時間を稼いでおいて、その間にじっくりと教育改革を進める。それが同級生さんの構想なのかもしれない」

彼の話は終わった。彼は言うべきことは言ったとばかりに、今度は金目鯛の攻略に着手した。

わたしはといえば、ただ呆然とするばかりだった。

わたしと同じく、安住の地に埋没することを恐れていたと思っていた女性教師。しかし彼女は、はるかにアグレッシブだった。若輩の身ながら、自分一人の力で環境を変えようとしたのだ。

しかしそれは、やってはいけないことでもあった。どれほど立派な理念があったとしても、人を傷つけることで成立するのであれば、正当性はない。

彼女がどのような罠を仕掛けたのかはわからない。でも、罠が原因で卒業生が死亡する可能性だってあるのだ。あるいは、卒業生ではなく、在校生が罠にかかる危険もある。かわいがっていた教え子が、自分が仕掛けた罠に落ちたとき、彼女はどのような気持ちで事実を受け止めるのだろうか。この学校をなんとかしなければという気持ちに囚われて、自らの行為が何をもたらすのかについて、思い至らなかった。

わたしは金目鯛をつついている男性を見た。

彼は、ぬるま湯の環境に流されないようにがんばる女性の姿から、危険な匂いを嗅ぎ取った。なぜそんなことができるのか。思うに、彼こそが環境に流されない人間だからではないだろうか。

環境、見せられた絵と言い換えてもいい。わたしたちは、不完全な絵を見たら、脳内で勝手に欠落部分を埋めて、完成した絵を見た気になる。そして、思い描いた絵が正しいと思い込んでしまう。それが環境に順応するということだ。順応してしまったら、本当の姿は見えなくなる。

しかし彼は違う。絵の要素をひとつひとつ丁寧に見ていって、結果としてまったく違う絵を見出すのだ。

囚われず、流されない。精神的に真に自由な人物。それが彼だ。

現在交際している男性は、彼に似ている。わたしの父は、ダメな人間だった。わたしはそんな父の代わりに、彼に父性を見ているのかもしれない。いびつなファーザーコンプレックスだとは認めたくない。それでも彼は、間違いなくわたしの人生の師なのだ。

「君の仮説が正しければ」大迫さんが警察官の顔で言った。「週末のセントパトリックスデーでは、誰かが怪我をする危険があるわけだな」

彼は簡単に首肯した。「正しければ」

大迫さんが唇を曲げる。

「厄介だな。まさか、学校に警官隊を送り込むわけにもいかないし。しかし聞いてしまった以上、放っておけないし」

彼は答えなかった。それは自分の守備範囲ではないと言いたげに。

大迫さんがまたため息をつく。

「仕方がない。息子の嫁さんの力を借りるか。卒業生としてセントパトリックスデーに参加してもらって、先生方にそれとなく注意喚起してもらえれば、未然に防げるかもしれない」

彼が、今度は反応した。「いいところですね。でも、誰も怪我をしなくても、校舎は建て替えた方がいいと思います」

彼はビールを飲み干した。グラスをテーブルに置く。

「新しい校舎の方が、走りやすいですし」

お揃いのカップ

大迫直哉は、エレベーターを二十三階で降りた。

エレベーターホールから右の廊下を進む。突き当たりの部屋が、広報部だ。

一応ノックして、ドアを開ける。途端にテレビの音声が響いてきた。広報部には地上波キー局の数だけテレビがあって、常時点けっぱなしにしているのだ。会社の情報を社外に発信するだけではなく、あらゆる情報を収集する必要のある広報部ならではの光景だ。

大迫は目当ての席に視線を向ける。用のある人物は、席に座っていた。歩み寄る。

「どうも」

挨拶すると、塚田淳子は書類から視線を外して、こちらを見た。「お疲れさま」

「すみません。時間を取らせてしまいまして」

大迫は大先輩社員に頭を下げた。淳子は軽く手を振る。「こっちこそ、わざわざ来てもらって、悪かったね」

淳子は広報部在籍歴三十年というベテラン社員だ。「広報の主」の異名どおり、広報担当の役員ですら、彼女には頭が上がらないと、もっぱらの評判だ。

「それで、ホームページのことだって?」

「はい」

大迫は、航空会社の経営企画室に勤務している。淳子から「会社のホームページに載せる、環境に対する取り組みの記事内容を確認してほしい」と依頼があったから、その回答のためにやってきたのだ。

「すみません」大迫はまた言った。「メールよりも、直接話した方が早いと思いまして」

「それは正しいね。それで、どこが気に入らないの?」

「ここです」大迫はプリントアウトを指さした。蛍光ペンで印をつけてある。「ここの修正をお願いしたいんです」

「あら」淳子が大げさに驚いた顔をする。「経営企画さんからもらった情報を、そのまま書いたつもりだけど、間違ってた?」

「いや、そういうわけじゃないんです。ただ、バイオ燃料の使用を始めたことと、機体を燃費のいい最新機種に更新することが、同列に書かれてますよね。バイオ燃料の方を目立たせるように書いていただきたいんです」

「ほほう」淳子は上目遣いに大迫を見た。「バイオ燃料より、機体の更新の方がずっと効果があるのに?」

痛いところを突かれた。バイオ燃料の使用は、最近ベンチャー企業と共同で始めた取り組みで、使用量としては微々たるものだ。世界中に航空機を飛ばしている会社にとって、経営の数字的には無視できるレベルと言っていい。一方機体の更新は、費用はかかるものの、燃費改善には劇的な効果が見込める。淳子の指摘どおりだ。

「まあ、それはそれとして」大迫は頭を掻いた。「ほら、機体の更新なんて、どこの会社もやってるでしょ？　バイオ燃料の方は、うちが先んじて取り組んでいることです。会社としては、こっちをアピールしたいんですよ」

「ふうん」淳子はまだ上目遣いで見つめてくる。大迫は背筋を伸ばした。

「別に、お客さんを騙しているわけじゃありませんよ。バイオ燃料は今はまだ小さな話ですけど、供給体制が整ったら大きな事業になるのは間違いありません。未来に向けた取り組みを、お客さんに知っていただきたいんです」

淳子の顔がほころんだ。

「まあ、いいでしょ。君たちが本気でそう考えてるのがわかったから。渾身の原稿を仕上げてあげる」

「ありがとうございます」大迫はまた頭を下げた。

「それにしても、経営企画も大変だねえ。こんなことにも気を遣わなけりゃいけないんだから」

机のマグカップを取って、コーヒーを飲んだ。大迫はそのカップに目を留めた。

可愛らしい女性キャラクターのイラストが描かれてあるカップだ。その絵に見覚えがある。アニメのキャラクターだ。大迫自身はアニメーションをほとんど観ないけれど、人気作だから多少の知識はある。確か『紅き人狼』という作品だったか。おろしたてのような、真新しいカップだった。

　カップに描かれているのは、シリーズのヒロインだ。カップのヒロインは横顔を見せ、目を閉じていた。唇が強調されているから、キスする寸前を描いたように見える。

　淳子が大迫の視線に気づいた。

「これ？　好きなんだよ。『紅き人狼』が」

「そうなんですね」

　机に視線を向けると、小型のフィギュアが何体も置かれていた。この会社では、業務に関係のない趣味の品を持ち込むことについて、別に禁止されていない。

　頭身を下げたフィギュアは、男性主人公の人狼だ。変身前の人間の姿形をしているものも、変身後の人狼モードのものもある。

「今から直すんだから、時間の余裕はないよ」

　淳子はカップを置いた。「今日中に書き直すから、明日の午前中にチェックできる？」

　大迫はアニメ作品を頭から追い出して、スケジュールを頭の中で確認する。明日の午前中は、出張も外出も会議もない。

「大丈夫です」

「オッケー。じゃあ、よろしくね」

「すみません」大迫は三度頭を下げた。「余計な時間を取らせてしまいまして」

「なんの」淳子が笑う。大迫は安心した。この人が担当でよかった。

広報部を辞して、三十階の経営企画室に戻る。部屋に入るなり、後輩の土井隆吾が声をかけてきた。「どうでした?」

「受けてもらったよ。今日中に修正してくれるそうだ」

「そりゃよかった」

土井も安心したように息をついた。

土井はバイオ燃料を開発したベンチャー企業との折衝を担当している。技術屋が熱意だけで作ったような会社だから、ビジネスの常識がなかなか通じず、相当な苦労をしてきたことを、大迫は知っている。

幾度も挫折の危機を乗り越えて、ようやく実用化にこぎ着けたのだから、安心もするだろう。今回のホームページの記事だって、自分の手柄を宣伝してもらえるというより、会社として力を入れて取り組むべき業務だというお墨付きをもらうことが嬉しいのだ。

土井はマグカップを取った。中のコーヒーをおいしそうに飲む。カップを机に置いた。大迫はまたカップに目を留めた。

「そのカップ、新顔だな」

大迫の指摘に、土井は嬉しそうな顔をした。「わかります? 新調したんです」

カップには『紅き人狼』の主人公が描かれていた。変身前の、人間形態だ。実際の作品よりも、若干コミカルに描かれている。頰を赤らめて戸惑ったような表情をしている。好きな女の子が頰にキスしてきたとき、男はこんな表情をする。

そういえば、土井も『紅き人狼』が好きだった。淳子と同様、机にはヒロインのフィギュアが飾られている。

土井は右手に持ったカップを、左の人差し指で弾いた。

「こいつからは早く卒業したいものですが」

土井はまだ独身だ。アニメ好きだと知れたら、女の子にもてないと考えているのだろうか。

大迫は笑う。

「よく言うよ。こんなに人形を飾っておいて」

——あれ？

からかいながら、大迫は引っかかった。

淳子は、机にヒーローのフィギュアを飾っているのに、カップにはヒロインが描かれていた。

土井は、机にヒロインのフィギュアを飾っているのに、カップはヒーローが描かれたものを使っている。

しかも、カップはふたつ並べると、ヒーローの頬にヒロインがキスしている組み合わせになる。

どうしてこの二人は、揃いのカップを会社に持ってきたんだ？

＊＊＊

ソファに座っている。

今日は、新宿駅東口の書店で待ち合わせているわけではない。金曜日、仕事を終えてから、まっすぐ彼の家にやってきたのだ。

「いいから、聖子さんは座ってて」

キッチンで準備を手伝おうとしたわたし——玉城聖子を、妹ちゃんが押しとどめた。宴会の準備ができるまでにと、コーヒーを淹れてくれる。完全にお客さんモードだ。

「どうもありがとう」

わたしの向かいに座る大迫さんが恐縮して言った。わたしの隣で彼が柔らかく微笑む。

「ゆったりしてください。というか、わざわざ遠くまでいらしていただき、ありがとうございます」

大迫さんも小さく笑い返す。

「さすがに、今日はお邪魔しないわけにはいかないからね」

大迫さんは元々、ハイジャック事件の被害者の家庭を、当時警備を担当していた自分が訪れるべきではないと考えていた。人質として機内に監禁された人たちが、事件の発生を防げなかった警察官に対して、いい感情を抱くわけがないからだ。

しかしこの家庭に限っては、そんな心配は無用だ。やはり人質になっていた奥さんが「そんなに仲良くしてるんなら、うちにお誘いしなさい」と夫に厳命したのだ。そのおかげで大迫さんは、新宿でわたしたちと飲む他にも、何度かこの家を訪問している。知人を自宅に招くのが好きな家族なのだ。

そんなわけでわたしたちは、年に何度か会って飲んでいる。しかし今夜は、いつもの飲み会とは趣が異なっていた。というのも、わたしの結婚が決まったからだ。

今夜は、大迫さんにそのことを報告する会という位置づけだ。ハイジャック事件で犯人に抱えられていた一歳児が、無事に成長して結婚する。大迫さんが、今日は来ないわけにはいかないと言ったのは、そんな感慨があるからだ。もっとも、わたしが大学に進学したときも、就職したときも、この人は感慨深げだったけれど。

とはいえ、いつもの新宿の飲み屋ではなく会場をこの家にしたのは、奥さんの意向が働いている。

「そんなおめでたい報告を、うちでやらないでどうするの」

奥さんはそう主張し、妹ちゃんも同調した。彼も特に反対はしなかった。そんなわけでわたしたちは、ここに集まっている。

コーヒーを飲み終えた頃に、キッチンから声がかかった。「準備できたよ」

空になったコーヒーカップを手に、ソファからダイニングテーブルに移動する。コーヒーの香りが口に残ったまま酒を飲むことになるけれど、もてなしの結果なのだから、むしろ嬉しいことだ。カップをシンクに置いて、席に着いた。

「これはこれは」

大迫さんが感心したように言った。それもそのはず、ダイニングテーブルには、見事な料理が並んでいた。メインはとんかつだ。この家では、いいことがあると、とんかつを揚げる習慣がある。そして妹ちゃんが「わたしが作れる唯一の沖縄料理」と言うゴーヤーチャンプルー、レタスのサラダ。

「じゃあ、始めちゃいましょう」

妹ちゃんが缶ビールを開栓する。大迫さんが目を丸くする。「待たなくていいの？」

この家は、両親と長男長女の四人家族だ。今ここにいるのは三人。一人、帰宅していない。

「いいですよ」

さらりと奥さんが流して、グラスにビールを注いだ。まずは最年長の大迫さん。そしてわたし。

「じゃあ、おめでとう」

奥さんが言って、皆でグラスを合わせた。

「ありがとうございます」

礼を言ってビールを飲む。週末のビールはおいしい。特に、この家で飲むビールは。

「ぷはーっ」

妹ちゃんがビールを飲んで、マンガみたいな声を出した。はじめて会ったとき小学生だった妹ちゃんも、もう大学生だ。日本社会では、大学生の飲酒は黙認されている。といってもまだ未成年。わたしは警察官である大迫さんを見た。

「いいんですか？　未成年が酒を飲むのを放っておいて」

「そうだね」大迫さんは真面目な顔で反応する。「法律で禁じているのは、未成年者が酒を飲むことじゃない。未成年者に酒を飲ませることなんだ。だから、飲ませた聖子ちゃんを逮捕する必要があるな」

彼も腕組みする。「それは、仕方ありませんね」

食卓に笑いが起こった。

「うちの親戚の集まりでも、大学生が飲むことは珍しくない。家で飲む分には、量を過ごさなければ、とやかく言わないよ」

法律でなく健康を気遣う大迫さんの言葉に、妹ちゃんは片手をひらひらと振った。

「大丈夫ですよ。父や兄と違って、わたしはそんなに飲みませんから」

彼が苦笑する。彼とは数え切れないくらい一緒に飲んでいるけれど、確かにかなり量を飲む。そして、飲んで平然としている。妹ちゃんも体質的には飲める方だと思うけれど、今からそんなにたくさん飲む必要はない。

「それで」大迫さんが、三日月の目をわたしに向けてきた。「結婚に至る、劇的な展開はあったの？」

大迫さんらしくない軽い話題を、あえて振ってくる。わたしは彼のように腕組みした。

「それが、ないんですよ。なんとなく、ずるずると。気がついたら今日を迎えていたって感じですか」

決して嘘ではない。結婚のはるか手前、つき合い始めるときだって、世紀の大恋愛の末というわけではなかった。ただ、はじめて抱きしめられたとき「あ、この人だ」と思ったのを憶えている。なんというか、パズルのピースがはまったというのが近いだろうか。そのときの実感が今日まで続いていて、結婚に至った。そんな感じだ。まあ、そこまで詳しく言う必要はない。

「新居はどうしたの？」

「菊名にアパートを借りました。お互いの通勤に便利でしたから」

菊名とは、横浜市港北区にある駅名だ。横浜市役所の職員であるわたしは、東急東横線に乗れば、乗換なしで職場に行ける。

「わたしは就職したときに一人暮らしを始めましたから、家具や家電一式は揃っています。その子たちを移動させるだけで、新居は完成です。もう落ち着きました」

「わたしも行ってみたいな」

妹ちゃんが言った。「ラブラブな新居を見てみたい」

「別にラブラブじゃないけど、来てよ」

「うん。でも、ペアのコーヒーカップとか、あるんでしょ？　熱気に当てられちゃうかも」

「ないよ、そんなの」

おっさんか、おまえは。そう突っ込みそうになったところで、大迫さんが目を見開いた。「そういえば」

「どうしました?」

彼が尋ねる。大迫さんはすぐに表情を戻した。

「いやね。つい最近、ペアのカップの話を聞いたんだ。妙な話だから、印象に残っていてね」

彼が身を乗り出す。「どんな話です?」

大迫さんが記憶を辿るように、一瞬宙を睨んだ。

「新婚さんじゃないけど、ペアのカップを使っている男女の話なんだ」

奥さんが、すかさず大迫さんのグラスにビールを注いだ。


「うちのバカ息子から聞いた話だ」

とんかつをひと切れ食べてから、大迫さんは切り出した。ちなみにバカ息子とは、東京大学を卒業して、現在は大手航空会社の経営企画室にいるという、超エリートのことだ。

「息子の会社は、企業体質としては堅いんだけど、私物の持ち込みについては緩いらしくてね。多くの社員が趣味の品を持ち込んでいるんだそうだ」

「いいことですね」彼がコメントした。「別に、勤務時間中に遊ぶわけでもないでしょうから」

「そう思うよ。それで労働生産性が落ちたのなら問題だけれど、そんなことはないから続いているんだろうな。むしろ、好きなものに囲まれて仕事をした方が、やる気が出るのかもしれない」

「息子さんも、何か持ち込んでるんですか?」

わたしが訊くと、大迫さんは困った顔をした。

「息子は戦国マニアでね。伊達政宗の兜を飾ってあるらしい。もちろんミニチュアだけど」

「戦国」わたしは思いつきを口にする。「やっぱり、経営を志す者としては、戦国武将の領地拡大戦略に関心があるということですか」

「いや、そんなたいそうなものじゃないよ」大迫さんが即座に否定した。「単に好きなだけだ。学生時代にシミュレーションゲームに入れ込んでいたから、その続きだな」

そんなに謙遜しなくてもいいのにと思うけれど、今話題になっているのは、兜でなくカップだ。大迫さんも思い出したらしく、本題に戻った。

「そんなわけで、本社のデスクには、趣味の品が見られることが多いわけなんだけど、息子が見たのがマグカップなんだ」

マグカップは、誰もが職場に持ち込んでいるものだ。わたしも持って行っている。それを趣味の品というからには、本人にとって特別なものだということだろう。そう思ったら、案の定大迫さんが説明を加えてくれた。

「みんなは、『紅き人狼』っていうアニメ作品を知ってるかい？」

「名前は聞いたことがあります。キャラクターの絵もわかりますけど、観たことはありません」

わたしは素直にそう答えた。奥さんも彼も同様のようだ。

「わたしは観てます」妹ちゃんが言った。「面白いですよ。テレビアニメも第三シーズンまで作られてますし、映画にもなってます」

人気作ということか。大迫さんがうなずく。

「そうらしいね。息子が会社で見かけたのは、そのアニメのヒーローとヒロインが描かれたカップなんだ」

大迫さんが妹ちゃんを見た。説明を求める顔だ。察した妹ちゃんが口を開く。

『紅き人狼』の主人公は、人狼――いわゆる狼男です。本来、人間を仇と見なしているはずの人狼なのに、とある事情から人間を護るために他の人狼と戦うっていう物語です。普段はまるで頼りない男性なのが、人狼に変身した途端無類の強さを発揮するのは、まあ定番ですよね。仲間の人狼の血を浴びたから、紅き人狼と呼ばれているとか」

そういえば、見たことのあるキャラクターは、普通の男性と、二本足で立つ獣だった。あれは同一人物だったのか。変身する前と後。

「ヒロインは、人間と人狼の間を取り持つ巫女の家系です。こちらも純粋な人間でなく、エルフみたいな長命族という設定です。二人は、最初はいがみ合っていたけど、協力して他の人狼と戦ってるうちに惹かれ合うようになった。そんな関係ですね」

「ありがとう」

見事な説明に大迫さんが礼を言って、話を続ける。

「息子が会社で見かけたマグカップは、そのキャラクターが描かれていた。ひとつのカップに二人が描かれているのではなく、ふたつのカップにそれぞれ主人公とヒロインが描かれていて、並べると二人一緒の絵になる。そんな演出がしてあるものだった。変身前の主人公の頬に、ヒロインがキスする絵になるようデザインされているということだ」

「なるほど」彼も想像できたのか、納得顔になった。「新婚さんではないということでしたが、社内結婚した二人が使ってるんですか？　あるいは、社内恋愛の最中か」

そういえば、大迫さんの息子さんは、社内結婚したということだった。社内結婚の多い企業風土なのかもしれない。そう思ったけれど、大迫さんは首を振る。

「いや、そこが面白いところでね。一人は、息子と同じ経営企画室の男性社員だ。息子よりも少し若くて、二十代後半の独身だと聞いた。もう一人は、広報部にいる女性社員。こちらは五十代半ばのベテランで、既婚者だということだ」

「ふむ」その二人を、勝手に想像する。「そう聞くと、別につき合っているというわけでもなさそうですね」

「そうみたいだね。男性社員――経営くんは、バイオ燃料導入の仕事をしていた。会社全体の事業から見たら、まだよちよち歩きレベルみたいだけど、熱心に取り組んでいるそうだ。息子も、そのがんばりを高く評価していた」

やる気のある若者が、将来に向けた事業に取り組んでいる。そして周囲がそれをサポートしてくれている。いい会社なんだな。

「一方女性社員――広報さんは、バイオ燃料について熱の入った文章を書いてくれたということだ。といっても広報部との折衝は息子がやっていたから、二人に仕事上のつき合いがあったわけではないということだ。社内で二人が話しているのを見たこともないとも言っていた。まあ、息子の会社は単体で社員が一万五千名いるし、グループ会社を合わせると全部で五万人くらいになるそうだ。仕事で直接交流がないかぎり、知り合いになることもないだろう」

「でも、同じ作品のカップを使っていた」

彼は妹ちゃんに顔を向けた。「その作品は、幅広い年齢層に人気があるのか?」

「そうだよ」妹ちゃんが答える。「いろんなタイプのキャラクターがいるから、ファン層は広いみたい。友だちと映画に行ったけど、それこそ十代から六十代くらいまで観に来てたな」

「そうか」彼がまた納得顔をする。「じゃあ、五十代の女性がアニメのカップを持っていても、不思議はない」

「そうだね。広報さんの方は息子に向かって作品が好きだと明言していたらしいし、経営くんの方は『早く卒業したい』と言いながらも嬉しそうに使っていたそうだ」

大迫さんが言い添え、彼が目を大きくした。

「どうして、早く卒業したいんでしょうか」

「それはわからない」大迫さんが自らの顎をつまんだ。「息子は、いつまでもアニメ好きではもてないと考えてるんじゃないかと思ったみたいだけどね」

わからない考えではない。今どきアニメ好きだからといって、気持ち悪がられることはないだろうけれど。

彼が目の大きさを戻した。

「一万五千名全員が本社ビルで働いているわけではなくても、同じ作品の愛好者はたくさんいる気がします。同じようなカップを使っている人は他にもいるでしょう。息子さんは、どうしてその二人に注目したんでしょうか」

もっともな疑問だ。大迫さんはもちろん答を用意していた。

「理由はふたつある。ひとつは、どちらも真新しいカップだったからだ。同時に使い始めたように見えたそうだ。もうひとつは、広報さんがヒロインの、経営くんが主人公のカップを使っていたからだ」

一瞬、反応が遅れた。違和感が先に立ち、その後を理性が追いかけたからだ。

「そうおっしゃるのは」違和感を言葉にした。「女性ならば男性キャラを、男性ならば女性キャラを好きになるのが一般的だから、逆ではないかということですか」

大迫さんは簡単に首肯した。「そういうこと」

違和感は大迫さんに賛成しているけれど、あえて理性の面から反論する。

「別に、どのキャラクターを好きになってもいいと思いますけど」

「そのとおりだね」大迫さんは肯定の言葉で否定した。「でも、息子は違う感想を抱いた。どうしてかというと、それぞれの机も見たからだ。広報さんの机には、小さなフィギュアが幾つか飾ってあった。カプセルトイで取ったもののようだ。それが、作品の主人公のものばかりだった。人間形態も、人狼形態も」

彼が瞬きした。大迫さんが続ける。

「経営くんの方も同様でね。やはりフィギュアが飾ってあったんだけど、ヒロインばかりだった。つまり広報さんは主人公の男性、経営くんはヒロインのファンだったわけだ。それなのに、マグカップに限っては、それぞれ相手方のキャラを使っている。それが印象に残ったわけなんだ」

「そうですね」彼が眉間にしわを寄せた。「カップだけ違うキャラというのは目立ちます。しかも、他のキャラでなく、わざわざヒーローとヒロインを取り替えている。相手に合わせていると考えても、不思議はありません」

「その相手ですけど」わたしは後を引き取った。「本当に知り合いじゃないんでしょうか」

「知り合いの可能性はあるね」大迫さんは、賛成でも反対でもない口調で応えた。「過去に同じ会議に出たことがあるとか、社員食堂で、相手がキャラクターグッズを持っているのを見つけて話しかけたとか。会社とは関係なく、ファンの集まりで知り合ったのかもしれない。でも——」

苦笑に近い表情を浮かべる。

「知り合いならお揃いのカップを使うかといわれると、どうなんだろうね」

自分の職場を思い浮かべる。知ってはいるけれど特段仲のいいわけではない男性職員と、お揃いのカップを使うか。ちょっと考えられない。

「かぶってしまったことがわかったら、むしろ取り替えそうな気がします」

「そう思う」大迫さんも同意してくれた。「知り合いじゃなかったのなら、たまたまペアのカップになってしまったことを知らないとも考えられる。でもそれなら、やはり好きなキャラクターの相手をわざわざ選んだ理由がわからない」

「わざわざ選んだわけじゃないかもしれません」

妹ちゃんが言った。「ふたつ並べると、ひとつの絵になるカップなんですよね。セットで売られているのを買って、お気に入りのキャラの方は家で使って、余ったもう片方を職場で使っているとは考えられませんか。それなら、どちらも相手方のキャラを使った理由になります」

大迫さんが口をOの形にした。感心した様子だ。しかし穏やかに首を振った。

「実は、息子も同じことを考えて調べてみたんだ。残念ながら、それぞれ単品でも買えるそうだ」

「そうなんですか」妹ちゃんががっかりしたようにため息をついた。それが正解だと思っていたようだ。「単品売りしているのなら、その人たちはあえて相手方のカップを選んで買ったということになりますね」

「単品売りだとしても」妹ちゃんのアイデアから連想して、わたしが口を開く。「並べるとひとつの絵になるのなら、あえて両方買ったとは考えられませんか」

「だったら、ふたつとも家に飾っておくだろうね。わざわざ家と職場で引き離す必要はない」

それもそうだ。間抜けな発言をしてしまった。しかし、こんなことでめげるわたしではない。

「二セット買ったとか――」発言の途中からすでに後悔していた。「それなら職場でも好きなキャラの方を使いますよね」

「そうだと思う」

大迫さんの返答は短かった。反論の余地がない。

「うーん」わたしは天を仰いだ。「とすると、やっぱりその二人は、示し合わせてお揃いのカップを買ったのかなあ」

　妹ちゃんが先ほどの彼のように、眉間にしわを寄せた。こうやって見ると、やはり似ていると思う。

「女性の方は結婚してるのに？　女性の方がずっと年上なのに？」

「それは、あまり関係ない」わたしは即答した。「恋に理由なし。結婚していようと、相手が何歳だろうと、好きになるときは好きになる」

　結婚間際の人間としては、不穏当な発言だっただろうか。ちらりと彼を見る。彼の表情は穏やかなままだった。

「不倫というわけか」大迫さんが言った。「だったら、むしろ隠すだろうね。これ見よがしに揃いのカップを持ち込むはずがない。人前で堂々と使っていることが、かえって二人がそんな関係でないことを証明していると思う」

「それもそうですね」わたしは箸を伸ばし、ゴーヤーチャンプルーを取った。口に運ぶ。ゴーヤーの苦みと歯ごたえがたまらない。飲み込んで、話を再開した。

「二人が知り合いという前提で話をしますけど、不倫関係でなく、どちらかの片想いというのはどうでしょうか。それで、相手にカップをプレゼントしたとか」

　大迫さんがまた口をOの字にした。しかし今回は感心したわけではなく、呆れたようだ。

「いくら好きな作品のカップでも、あまり嬉しくないような気がするね」

「そう思います。単にカップをもらっただけならともかく、相手がペアのカップを持っているわけですから」

「だったら、そのカップを使わなくていいんじゃないかな」

「きちんと使ってるかどうか、監視にくるのかもしれませんよ」

「なんだか、ストーカーっぽいなあ」

妹ちゃんが渋面を作った。「どっちがどっちにあげたんだろう」

「女性が男性にプレゼントしたんじゃないかな」わたしは答える。「だって、男性の方は『早く卒業したい』って言ってたみたいだから。ファンを卒業して、このカップ、ひいてはこの女性から逃れたいと」

「大迫さんは、嬉しそうに使ってたって言ってたよ」

横から彼が言った。

「あっ、そうか」わたしは方向転換する。「じゃあ、逆かな。男性が女性にプレゼントした」

「そもそも受け取らないと思う」

彼がまた否定した。「女性の方がずっと先輩らしいから、男性が断れないのはわかる。でも逆だと、受け取らないという選択がしやすい。好意を尊重して受け取ったとしても、相手がペアのカップを持っていたことがわかったら、使うのをやめるだろう」

先ほどわたしが言ったことだ。特段好きでもない人とかぶったら、取り替える。

「相手が、ペアのカップを持っていることを知らなかったら？」

妹ちゃんが言った。「それならありがたく受け取って、使うんじゃないのかな」

「はじめに戻る。どうして相手は、自分の好きなキャラではなく、相手方のカップをくれたんだろうと疑問に思うだろう。意味不明のカップは、気持ち悪くて使えない」

「確かに」妹ちゃんは説得されたようだけれど、納得はしていなかった。「じゃあ、どうして二人はペアのカップを使ってるんだろう」

大迫さんが彼を見た。「君は、どう思うんだい?」

「そうですね」

彼はとんかつをひと切れ取って口に運んだ。よく噛んで飲み込む。グラスを取ってビールをひと口飲んだ。

「経営くんは、『早く卒業したい』って言ってたんですよね」

「そう聞いている」

彼はひとつうなずいた。

「実現するといいですね」


食卓に沈黙が訪れた。

わたしも、大迫さんも、奥さんも、妹ちゃんも、言うべき言葉が見つからず、黙っている。彼だけが、淡々ととんかつを食べ、ビールを飲んでいた。

「——どういうことだい?」

大迫さんが尋ねた。

「どうもこうも」彼が箸を置く。「嬉しそうにカップを使いながら、それでも早く卒業したいと言う。希望が叶えばいいということです」

それじゃあ、そのまんまだ。わたしが文句を言うと、彼は「ごめんごめん」と熱のない謝り方をした。

わたしは納得していなかった。彼らしくない発言だったからだ。彼は趣味とか好きなものに打ち込むことに肯定的な人間だ。いくら本人が言ったのだとしても、卒業したいという発言を支持するのは変だ。

「そもそも、嬉しそうに使っているのと、早く卒業したいってのは、矛盾してるじゃんか」

妹ちゃんが、まるで彼が経営くんであるかのように非難した。彼が苦笑する。

大迫さんがため息をついた。「聞こうか」

「そう言われましても」彼が困った顔になった。「そんな、たいそうなことを考えているわけじゃありません。というか、聖子ちゃんがほとんど言いましたし」

「わたしが？」思わず訊き返す。わたしの説は、彼と大迫さんに粉砕され続けたではないか。まあ、それこそたいしたことは言ってないからだけど。

「そう」彼が目を細くした。「僕の意見は、聖子ちゃんと一緒だよ。二人は知り合いで、カップは女性が男性にプレゼントしたものだと考えている」

「ええーっ？」妹ちゃんが大声を出した。「やっぱり、ストーカー？」

「だから、それじゃあ嬉しそうに使わないって」

妹ちゃんをたしなめ、少し考えをまとめるように宙を睨んだ。

「どこから話そうかな。やっぱりペアのカップからか」

そして大迫さんに、申し訳なさそうな顔を向けた。

「二人がペアのカップを使っていることが問題になっているのは、ひどい言い方ですけど息子さんの観察眼が原因になっています。普通なら、人気アニメのカップを使っていたら『ああ、好きなんだな』で済ませてしまい、気にも留めません。息子さんが鋭い観察眼で、両者のカップが真新しいこと、机のフィギュアとカップのキャラが違っていることに気づいたからこそ、不倫を疑われたりストーカー呼ばわりされたりしました」

「まあ、そうだな」大迫さんが困ったように笑う。二人を疑いまくったわたしと妹ちゃんは身を小さくする。

彼がそんなわたしに話しかけてきた。

「聖子ちゃんがアニメキャラのペアカップを新居に持ち込むとしよう。聖子ちゃん自身は、男性キャラと女性キャラのどちらを使う?」

「女性キャラかな」わたしは即答した。「これでも、女だから」

「うん」思い通りの答だったからか、彼は嬉しそうにうなずいた。「それが一般的な選択だと思う。件の二人も同じ選択をしたから、不倫関係じゃないかって邪推したわけだし」

しかしそれは否定された。二人が堂々とペアのカップを使っているからだ。わたしがそう指摘すると、彼は素直に同意した。

「常識的に考えたら、五十代女性と二十代男性が恋仲になるとは考えづらい。もちろんそんな例も世間にはあるんだろうけど、確率としては高くない。事実、聖子ちゃんも第一印象で否定している」

確かに、そんなことを言った記憶がある。

「普通なら、恋愛関係にある男女が使うべきペアのカップを、そうでない男女が使っている。しかも、キャラの選び方が恋人同士と同じ。どうしてだろう——そう考えるから、わからなくなる」

「えっ？」

どういうことだろう。他に、考えようがないではないか。

わたしの言いたいことを察したらしい彼が、静かに微笑んだ。

「今までの話を聞いていて、ずっと違和感があったんだ。どうしてペアのカップが問題になるのかが」

「えーっ？」不満の声が出る。それこそが、問題の本質だからだ。彼はわたしが理解しないことにわずかに失望したような顔をしたけれど、すぐに話を続けた。

「主人公のヒーロー。そしてヒロイン。ふたつのカップを合わせたら、ヒロインがヒーローにキスしているように見える。確かに、これ以上ペアのカップを連想させるものはない。でも、本当にペアのカップなんだろうか」

「……………」

答えられなかった。言っていることの意味がわからないからだ。彼は返答を待たずに先を続けた。

「さっきの作品の説明では、キャラクターが三人出てきた。それなのに、カップはふたつしか登場していない。僕はそこが気になったんだ」

もっと意味がわからない。妹ちゃんの説明だと、主人公とヒロインしか出ていなかったではないか。彼が人差し指で頬を掻く。

「まあ、正確には三人とは言えないかもしれないけど」

「あっ！」作品を観ている妹ちゃんが、ひと足先に答にたどり着いた。「ヒロインと、変身前の主人公と、変身した主人公？」

「正解」

彼が笑った。「カップは、実は三種類あったんじゃないか。僕はそう思った。変身前の主人公と同じポーズをとった、狼男が描かれたものが。そのことを、作品のファンである二人は知っている。三つでひと揃いのカップなのだから、そのうちのふたつを抜き出してカップル専用とは考えない」

「確かに、その可能性は高いな」大迫さんが唸った。「でも、三つのうちひとつを、女性が男性に贈ったと考えた理由は？」

「それに、二種類だろうが三種類だろうが、キスしている図柄には違いがないでしょ？　恋愛関係でもないのに、どうしてそんなカップを？」

妹ちゃんがたたみかけるように訊いてきた。しかし彼は動揺の欠片も見せなかった。

「それは、二人ともこの作品のファンだからだよ。おまえが説明してくれた内容からすれば、ごく自然な行動だと思う」

「わたしの?」妹ちゃんが訝しげな顔をする。彼はそんな仕草に目を細めた。

「ヒロインは巫女の家柄で、長命族だということだった。わざわざ長命族という設定にした以上、ヒロインは見た目よりも、かなり年齢がいっていると想像できる」

「……うん。そのとおり」

「物語の必要性から二人を恋仲にしてるんだろうけど、ヒロインから見たら、主人公の男性はずっと年下だ。ヒロインは恋人役であると同時に、主人公の成長を見届ける役割も担っていると思う。息子さんの会社の、広報さんのように」

「そうか」大迫さんが膝を打った。「経営くんが取り組んでいるのは、まだよちよち歩きの新規事業だ。広報さんは、同じ作品を愛する者同士として、経営くんを見守っていた。そこで主人公のカップを贈ったのか。自分がヒロインのカップを使うことで、見守っているよと伝えた」

彼がうなずいた。

「広報さんも、まさか自分たちが恋仲に見られるとは思わないから、ためらいなくできたのだと思います。経営くんだって、ヒロインが主人公の見守り役であることを知っているわけだから、広報さんの意図を正確に理解することができました」

「それで、変身前の主人公なんだね」妹ちゃんも声を大きくした。「変身前の主人公は、頼りないキャラ。まだあなたは、このくらいのものだから、早く成長しなさいと。ひとつの事業を立派に育てられたら、無類の強さを持つ人狼のカップに取り替えてあげるからと」

そこまで言われたら、わたしにもわかる。

「だから経営くんが、早く卒業したいって言ったのか。女の子にもてるために『紅き人狼』から卒業するんじゃなくて、頼りない変身前のキャラクターから卒業して、早く無類の強さを持つ人狼になりたいと」

「息子さんの会社の事情は知りません」彼が言った。「経営くんが取り組んでいるバイオ燃料について、広報さんが記事にしたんですよね。いい加減な想像ですけど、広報さんは経営くんに思い入れがあるから、公私の区別をつけようと、最初はわざと記事をぞんざいに書いた可能性があります。それを、経営くんをサポートする息子さんが見つけた。もっと大きい記事にしてくれとねじ込んで、広報さんはお墨付きが出たとばかりに熱のこもった記事に書き直した。そんな裏話があるのかもしれません」

彼の話は終わった。

また食卓に沈黙が落ちた。けれど先ほどのような、困惑を伴ったものではない。みんな、若い会社員の頑張りを、先輩社員たちが優しくフォローする光景を思い浮かべている。

「見事だ」大迫さんが彼に温かな声をかけた。「さすがだね」

彼が行儀悪く、頭を掻く。「そんなたいしたことは言ってませんよ。くだらない妄想を口にしただけです」

そんなことはない。彼は他の誰も思いつかない視点から、解答を導き出したのだ。どうして彼にそんなことができたのか。彼には、自分が未熟者だという自覚が、常にあるからではないかと考えている。

彼は、わたしなどよりもずっと視野が広くて、肚が据わっている。それでも言葉の端々から、自分は未熟者だという自覚が伝わってくるのだ。

彼は妹ちゃんの話から、三つ目のカップの存在を導き出した。そこまでなら、時間はかかっても、大迫さんや妹ちゃんにもわかったことだろう。

しかし彼はそこから、さらに思考を発展させた。広報さんは、どうして頼りない変身前のカップを贈ったのか。経営くんがまだ発展途上であることと、主人公を重ね合わせた。登場人物と小道具がぴったりはまる絵を描いたのだ。経営くんの目線に立たないとできないことだろう。

我が身を振り返って、自分自身が恥ずかしくなる。わたしももう、二十代後半だ。それなのに、何もわかってはいない。こんなわたしが結婚していいものだろうか。そんなふうに腰が引けてしまいそうになる。

それでもいいのだ。わたしもまた、未熟者だ。そう自覚できていれば、まだまだ一緒に成長できるから。

大迫さんがまた口を開いた。

「やっぱり君は——」

そこまで言ったとき、玄関の方から、がちゃがちゃという音が聞こえた。ドアの鍵を開ける音だ。ドアが開いて、廊下を歩く足音。ダイニングキッチンにスーツ姿の男性が姿を現した。男性はわたしの姿を認めて、顔をほころばせた。「やあ」

「お帰りなさい」

　わたしは彼の父親——座間味くんに挨拶した。


「遅くなって、すみませんでした」

　座間味くんはまず大迫さんに謝った。大迫さんが缶ビールを取る。

「大変だったね。先に始めてしまって、申し訳なかった」

「いいえ」グラスを取って大迫さんにビールを注いでもらいながら、座間味くんが子供たちに視線を移した。「こいつらが、何か粗相をしませんでしたか?」

　彼——長男くんと妹ちゃんが、一斉に嫌な顔をする。大迫さんは笑った。

「いや、すごくよくしてもらってるよ。お嬢ちゃんの作ってくれた料理はおいしいし、息子くんからはいい話を聞かせてもらった」

「本当、くだらない話ばかり」奥さんが慨嘆するように天を仰いだ。「そんなところは、あなたそっくりなんだから」

　座間味くんがぬけぬけと答える。

「そんな、変なことばかり言ってるっけ」

「くだらないかどうかはともかくとして」大迫さんが先ほど言いかけたことの続きを言った。

「やっぱり息子くんは、君の頭脳を受け継いでるよ。でもまさか、聖子ちゃんと結婚するとは思わなかったけど」

そうなのだ。座間味くんと奥さんに招かれてこの家に通ううちに、二人の子供とも仲良くなった。交際を始めたのは彼が大学に入って、わたしが公務員になったタイミングだ。

「大学合格おめでとう。お祝いは、何がいい？」

たまたま二人きりになったとき、お姉さんぶってわたしが尋ねると、彼は目を逸らした。

「いや、お祝いなんていいけど——ごめん」

そう言うなり、わたしを抱きしめてきた。今までそんな素振りを全然見せなかったから驚いたけれど、同時に「あ、この人だ」という実感が精神を支配した。好きとか愛しているとかという感情よりも先に、心の奥底が彼を選んでしまった。

そして彼が大学を卒業して、社会人を二年間やった今、入籍することにしたのだ。

「まったくねえ」妹ちゃんが偉そうに言う。「はじめて聖子さんが来たときには、ひと言挨拶しただけで、すぐに部屋にこもっちゃった人が」

「そうだっけ」

彼がぬけぬけと言う。確かに、父親によく似ている。

大迫さんが、また感慨深げな顔になった。

「身勝手な話をさせてもらえれば、警察にとっても、本当にめでたい話なんだよ。あの事件で人質になった女の子が、自分を助けてくれた人の息子と結婚するんだから。向島さんに話したら、さぞかし喜ぶだろうな」

向島という人には、直接会ったことはない。けれど、いつだったか大迫さんが話してくれた。ハイジャック事件を解決した、警察の特殊急襲部隊ＳＡＴの指揮官だということだ。突入できなかった機内で、わたしを助けるために必死に犯人と交渉した座間味くんに対して、深い敬意を抱いているという。確かにそのような人物であれば、わたしたちの結婚も喜んでくれるだろう。

「めでたい話なのは間違いありませんが」

座間味くんが言った。「親としては、不安もあります。何といっても、まだ若いですからね」そして息子を見る。「まあ、こいつなら大丈夫だと思ってますけど」

「すっごく心配」

妹ちゃんがすかさず言って、笑いが起きた。

不安があるのは、わたしも同じだ。彼のことが不安なのではない。わたしが彼に迷惑をかけてしまうのが心配なのだ。四つも年上で、別に美人でも性格がいいわけでもない女を、彼は選んでくれた。わたしからすれば、幸運が降ってきたようなものだ。

でもそれは、とても貴重な幸運だった。一歳のときにハイジャック事件に遭遇し、荒れた家庭で育った。けれど命の恩人に再会して、それをきっかけに真っ当に成長できたと自分では思っている。そして温かい家庭に迎え入れてもらった。これ以上ない着地点だ。

隣でビールを飲む彼を見た。いくらわたしの方が年上とはいえ、広報さんのように彼を見守るようなことはできない。でも、未熟者同士、一緒に生きていければいいのではないか。

彼の父親のように、英雄的な行動を取る必要はない。地道に日々を過ごすことができれば、それに勝る幸せはない。

座間味くんがビールを飲み干した。グラスをテーブルに置く。わたしは声をかけた。

「日本酒にしますか？　――お義父さん」

初出（すべて「ジャーロ」）

新しい世界で　七十一号（二〇二〇年SPRING）
救　出　七十二号（二〇二〇年SUMMER）
雨中の守り神　七十三号（二〇二〇年AUTUMN）
猫と小鳥　七十四号（二〇二一年一月）
場違いな客　七十五号（二〇二一年三月）
安住の地　七十六号（二〇二一年五月）
お揃いのカップ　七十七号（二〇二一年七月）

石持浅海（いしもち・あさみ）

1966年愛媛県生まれ。九州大学理学部を卒業後、食品会社に勤務。'97年、鮎川哲也編の公募アンソロジー『本格推理⑪』（光文社文庫）に「暗い箱の中で」が初掲載。2002年、光文社の新人発掘企画「カッパ・ワン」に応募した『アイルランドの薔薇』で長編デビュー。'03年刊行の第二長編『月の扉』は、各種のランキング企画上位にランクインし、日本推理作家協会賞の候補にもなる。同書に登場する座間味くんが主人公のシリーズも人気に。さらに、'05年刊行の『扉は閉ざされたまま』はベストセラーになり、本格ミステリの旗手となった。近著に『鎮憎師』『不老虫』『殺し屋、続けてます。』『君が護りたい人は』などがある。

新しい世界で　座間味くんの推理

2021年12月30日　初版１刷発行

著　者　石持浅海

発行者　鈴木広和

発行所　株式会社 光文社

〒112-8011　東京都文京区音羽1-16-6

電話　編集部　03-5395-8254

書籍販売部　03-5395-8116

業務部　03-5395-8125

URL　光文社　https://www.kobunsha.com/

組　版　萩原印刷

印刷所　萩原印刷

製本所　国宝社

ISBN978-4-334-91437-0

石持浅海の好評既刊

座間味くん シリーズ

〈光文社文庫〉

各種ミステリーランキングでも話題となった『月の扉』に始まる人気シリーズ。“探偵”役たる「座間味くん」の魅力と、精緻なロジックや思いも寄らぬ真相が織りなす本格ミステリの愉しみに酔いしれる。

月の扉

沖縄・那覇空港で、乗客240名を乗せた旅客機がハイジャックされた。犯行グループ3人の要求は、那覇警察署に留置されている彼らの「師匠」を空港まで「連れてくること」。ところが、機内のトイレで乗客の一人が死体となって発見され、事態は一変。極限の閉鎖状況で、スリリングな犯人探しが始まる。

心臓と左手

警視庁の大迫警視が、あのハイジャック事件で知り合った「座間味くん」と酒を酌み交わすとき、終わったはずの事件は、がらりとその様相を変える。切れ味抜群の推理を見せる安楽椅子探偵もの6編に、「月の扉」事件の11年後の決着を描いた佳編「再会」を加えた、石持ミステリーの魅力が溢れる連作短編集！

玩具店の英雄

津久井操は科学警察研究所の職員。実際に起きた事例をもとに、「警察は事件の発生を未然に防ぐことができるか」を研究している。難題を前に行き詰まった彼女に、大先輩の大迫警視正が紹介したのは、あの「月の扉」事件を解決した座間味くんだった。二人の警察官と酒と肴を前にして、座間味くんの鮮やかな推理が繰り広げられる。

パレードの明暗

女性特別機動隊に勤務している南谷結月巡査は、向島教官から、大迫警視長との飲み会に参加するよう指示される。待ち合わせ場所にはもう一人、座間味くんと呼ばれるハイジャック事件の英雄も彼女を待っていた。(「女性警察官の嗅覚」) 座間味くんが語る真相で事件の本質を知り、結月は視野を広げ、警察官として成長していく。